心揺るがす社説《オピニオンエッセイ》

1600字に綴られた41の物語

日本講演新聞魂の編集長
水谷 もりひと

ごま書房新社

はじめに

「社説」という言葉が本のタイトルに付くこのシリーズも6冊目になった。

2010年に出した最初の本『日本一心を揺るがす新聞の社説』が売れに売れた。なぜかと言うと全国ネットのお昼のテレビ番組で紹介されたのだ。

「新聞には社説ってありますよね。社説って普通お堅いじゃないですか。でもこの新聞の社説は泣けるんですよ」と本のソムリエの清水克衛さん。番組終了後からアマゾンのランキングが上がり始めた。その日の夜には総合8位になった。

僕は調子に乗った。調子のいい時に調子に乗らないでいつ乗る。『日本一心を揺るがす新聞の社説』のパート2はすぐに出た。

僕がある重要なことに気付いたのはそれからずっと後になってからだった。清水さんは東京の江戸川区で『読書のすすめ』という屋号の本屋の店主だ。

おそらく清水さんはあのテレビ番組の本を紹介するコーナーで、毎週「店長おすすめの本」を紹介していたはずだ。当然、視聴者の多くはその本を買う。どこで？
そうネット通販で。本屋の店主がテレビで「この本はおもしろいよ」と紹介すると、視聴者は清水さんのお店に注文をするのではなく、近所の本屋に走るのでもなく、パソコンやスマホをクリックする。そんなことが起きていた。

鶴ケ谷真一の『月光に書を読む』（平凡社／絶版）の中に、19世紀ヨーロッパの本屋の話がある。

1人の貧しい若者が、毎日仕事の行き帰りにその本屋の前を通っている。本屋にはショーウィンドーがあり、そこをのぞくと1冊の本の巻頭のページが開かれている。若者はふと立ち止まってそのページを読んだ。よほど興味を引いたのか、それから毎日、本屋の前を通る度に立ち止まってそのページを読んでいた。

ある日、本のページが1枚めくられていた。若者はそのページを読んだ。次の日もまたページが1枚めくられていた。若者は続きを読んだ。次の日もまた次の日も…。若者は何か月もかかって1冊の本を読み終えた、という話である。

若者は貧しさゆえに本を買う余裕がなかったのだろう。

鶴ケ谷氏は「毎日本をのぞきにくるその子を見て、店の主人がさりげない心づかいを示したのだった」と書いている。

この少年は後に歴史に名を残す人物になるらしいが、鶴ケ谷氏は「それが誰だったのか、どうしても思い出せない」と書き添えていた。

こんな話を書いてみたところで今は21世紀である。世の中はものすごい勢いで移り変わっている。

「今度こんな本を出しました。ぜひ店頭に置いてください」と書店回りをしてもその対応は冷たい。売れる本しか置かないみたいな、感じ。

その一方で、清水さんの『読書のすすめ』には売れないけど店主おすすめの良書ばかりが並ぶ。

全国の本屋がそんな店づくりをすると、意外や意外、その街の本好きな住民が集まってくるのではないか。

なんて「余計なお世話」と言われそうなことを考えながら、この度の新刊本のまえがきに替えさせていただきました。それでは早速、お楽しみください。

日本講演新聞　魂の編集長

水谷もりひと

心揺るがす社説　1600字に綴られた41の物語　目次

第二章

第三章

第一章

不平不満を言っている暇はない

お寺の住職は職業柄、「人の死」という人生で最もつらく、悲しい場面に直面した人たちと向き合わねばならない。

時には「話を聞いてほしい」と、いろんな人がお寺を訪れるが、楽しい話を持ってくる人はあまりいない。

福岡県北九州市にある天徳山金剛寺の住職・山本英照さんは、背負いきれないような重い宿命を受け止めて生きる人たちとの出会いを『重いけど生きられる』『あなたがいるから生きられる』という2冊の法話集にまとめた。

「奇跡のような話が本当にあることを伝えたくて」と英照和尚は言う。

今でも和尚の脳裏に焼き付いて離れない葬式の場面がある。

遺族席には10歳の長女を頭に、8歳の次女、5歳の長男が座っていた。

和尚は3人に優しい言葉のひとつでも掛けてあげたいと思ったが、気の利いた言葉がなかなか見つからなかった。

3人にはこんな事情があった。

ある時、住んでいた家が道路拡張工事に引っかかり立ち退くことになった。その際、二千数百万円の立ち退き料が支払われた。

ところが、その金を持って父親がどこかに消えた。残された母親と3人の子どもは住む家も、行くところもなく、畑の中の農具小屋に身を寄せた。

半年の月日が流れた。

どんなに貧しくても一緒に暮らしたいのが親子の情だが、これ以上、わが子を電気もガスも水道もないようなところに置いておけないと、母親は、3人の子どもを遠方の施設に預け、自分だけその掘っ建て小屋に戻った。

その後、母親は持病を悪化させ、医者にかかれるお金もなく、小屋の中で1人さびしくその生涯を閉じた。

英照和尚は、3人の子どもたちに「強く生きていきなさいよ」という言葉を絞り出した。5歳の男の子が拳を握って、涙をこらえていた姿が今でも目に焼き付いているそうだ。

金剛寺では毎年8月下旬に地蔵盆法要が開かれる。

その際、初盆を迎えた家族のために、葬式で使った白木のお位牌のおたき上げが行われる。その年、3人は遠くの施設からやってきた。

法要の最後にある抽選会で、5歳の男の子が1等を引き当てた。男の子は賞品を和尚に見せながらこう言った。「これ、お母ちゃんがくれたんでしょ」

その後も3人は事あるごとに母親の供養のためにお寺を訪れた。6年が過ぎ、長女は16歳になった。高校には行かなかった。

理由を尋ねた和尚に長女はこう話した。

「いつまでも施設の世話にはなれません。もう働けますので。生意気に聞こえるかもしれませんが、大人の世界に入って思ったことがあります。不平不満や文句の言える人は幸せな人だと思います。まだ後ろに余裕がある人なんだなって」

「私にはそんな不平を言う暇はありません。今は一生懸命働かんと。何をするにもお金が必要です。妹と弟がいますから」

英照和尚は次のような言葉でこの話を締めくくった。

「こんな人生を歩むことを定められた子どももいるということを、そして彼女が言った言葉を、あなたの心に留めておいていただければ、と思います」

一つの命が誕生したら、一つのドラマがゆっくりと始まっていく。自我の目覚めは、「このドラマの主役は自分だ」と自覚したときなのだと思う。

そして、「人生」というドラマには、時々極悪非道の「役」をもらった人が登場するものである。


その時、周りの人はいろいろ言うだろうが、「主役」になって、後に幸福を掴んでいく人はブツブツ言わない。

その16歳の少女もそうだった。

「あの父親のせいで高校に行けなかった」などと悪態をついたり、親のいない不遇を嘆いたりしなかった。そんなことを言っている余裕などなかったのだ。

不平や愚痴や文句を言う人は、不平や愚痴や文句を言う暇と余裕のある人なのだと、少女に教えられた。

「いやいやいや」で通じる日本人

「オノマトペ」という言葉をご存じだろうか。

「子どもがげらげら笑っている」「雨がしとしと降っている」「締切ぎりぎりまで待つ」「不審者がうろうろしている」「最近いらいらしている」等々、日本語の世界では擬音語、擬態語と呼ばれるものである。

言語学者の故・金田一春彦氏はさらに細かく擬声語、擬容語、擬情語を加えて、「オノマトペ」を五つに分けている。

「げらげら」「わんわん」など人や動物の声は擬声語。

「しとしと」「ざあざあ」など自然界や無生物の音は擬音語。

「ぎりぎり」「びしょびしょ」など音ではなく動きや状態を表すもののうち無生物の状態を表すは擬態語。

「うろうろ」「よちよち」など人や動物の状態を表すものを擬容語。

「わくわく」「いらいら」など人の心理状態や感覚を表すものは擬情語。

この「オノマトペ」と呼ばれる言語は、フランス語には約６００語、英語には約１０００語あるのに対し、日本語には約５０００語もあるという。

こういう表現を編み出した先人たちの感性の豊かさに感心せずにはいられない。

おかげで私たちはイメージで通じ合うことができるし、感覚を共有することができる。

たとえば、胃の痛みが「きりきり」なのか「ちくちく」なのか、触った感じが「さらさら」なのか「ざらざら」なのか、笑った感じは「にやにや」なのか「にこにこ」なのか、その違いを私たちは誰に教えられたわけでもなく、いつの間にか自然に使い分けている。

これらオノマトペだけでも十分日本語の表現の深さや豊かさを感じられるのだが、それに輪をかけて人間味溢れる日本人独特の表現がある。

年に1回発行される小冊子『抜萃のつづり』（熊平製作所）平成29年度版にそれを見つけた。作家・村松友視《ともみ》さんが北海道で耳にした、ステキなその表現をエッセイに綴っていたのだ。

それは「いやいやいやいや」

「いや」という言葉は一つや二つだったら否定語になる。ところが三つ、四つ連続して使うと、「多様な意味合いを含むあいさつになる」と村松さんは言う。

かつて村松さんは仕事で頻繁に札幌に通っていた。そして夜の酒宴を何よりの楽しみにしていた。

仲間たちが三々五々集まってくる。

座敷に現れるや否や、「いやいやいや」と言いながら席に着く人がいれば、その人を「いやいやいや」と言いながら迎える人がいて、会場は和やかな雰囲気に包まれるというのだ。

遅れてきた人の「いやいやいや」には「出掛けに電話が掛かってきてさ」とか「仕事がなかなか終わらなくてさ」などの言い訳が込められ、迎える人の「いやいやいや」には「先に飲んでいたから気にしなくていいべさ」とか「久しぶりだな」などの気持ちが込められている。

東北の「どもどもども」や「まずまずまず」も似たような言葉らしい。

中高年の女性だとこれが「まあまあまあ」や「あらあらあら」になる。

「お元気そうね」「相変わらずお若く、お綺麗ね」などの意味合いが含まれている。

「擬態語とも擬音語ともつかぬこれらの言葉は、年を重ねるうちいつともなく身に付く『声づかい』のワザではないか」と村松さんは考える。

確かに子どもや若者は使わない。

データや絵文字がネット上で飛び交う時代にあって、誰かにイメージや感じ方や気持ちを伝える時には、オノマトペや「いやいやいやいや」のような、ふんわりした言葉が心の距離を近づけるのに大きな力を発揮する。

そんな言葉をたくさん身に付けておきたいものだ。

小学生にはお駄賃も悪くないだろう

森浩美さんの小説『家族連写』（ＰＨＰ）は、家族をテーマにした八つの短編集である。その一つ『お駄賃の味』が昨年、筑波大学の国語の入試問題で出題されていた。

遊園地の専務をしている50代の裕之は、ある日、入場ゲートでスタッフに呼び止められて困った様子の母子《おやこ》を偶然目にする。

化粧っ気のない母親と色褪せたトレーナーの少年だった。事情を聞くと、母親が持ってきた招待券の有効期限が過ぎているというのである。

母親は「うっかりしていました」と頭を下げ、小学2、3年生と思しき息子に「これじゃ入れないいんだって。今日は帰ろう」と言い、踵《きびす》を返して駅のほうに向かって歩き出した。

少年は母親に文句や不平を言うわけでもなく、ただうなだれて一緒に歩き出した。裕之の心がざわめいた。その後ろ姿に少年時代の自分が重なった。

入試問題では、小説のこの冒頭のシーンが切り取られ、いきなり小学5年生の裕之が登場していた。時代は昭和40年代。工場で働く裕之の父親が病気で入院したこと。母親はパートで働いていたが、家計は日に日に苦しくなり、給食費を集金日に持っていけなくなったことなどが綴られていた。

ある日、クラスの女子児童の家が火災に見舞われた。学校は全校児童からお見舞金を集めた。数日後、担任の先生は裕之に、「これからお見舞金を持っていく。おまえも一緒に来い」と言った。

児童会役員でも学級委員長でもない自分がなんで？　とあまり気が進まなかったが、裕之は先生の車に乗った。

ここで入試問題は問う。なぜこの時、裕之はあまり気が進まなかったのか述べよ。

さて、お見舞金を手渡した帰り道、裕之は先生から「しっかりお役目を果たしたな。駄賃代わりに何か食べよう。何がいい?」と聞かれ、「肉まんがいい」と小さな声で答えた(A)。二人は車の中でホカホカの肉まんを食べた。

数日後、今度は放課後に呼び出され、「花壇の手入れを手伝ってくれ」と頼まれた。作業は日没までかかった。そして先生はこう言った。「手伝ってくれた駄賃代わりに、また肉まんでも食べようか」

裕之は躊躇なく「うん」と返事をした。

ここで入試問題は問う。Aの「小さな声で答えた」から、「躊躇なく〝うん〟と返事をした」裕之の心情の変化を説明せよ。

ここまでで入試の出題は終わっているが、物語はここから佳境に入る。

次の土曜日、先生は自宅の庭掃除に裕之を誘ったのだ。掃除の後は、奥さん手作りの親子丼が待っていた。久々の温かいご飯を裕之は貪《むさぼ》った。しかし、肉まんのことも、親子丼のことも母親には言えなかった。

その夜、ちょっとした親子喧嘩になった。その際、裕之はつい口を滑らせた。「母ちゃんのご飯より先生家《せんせいんち》の親子丼は数百倍もうまいんだ。うちが貧乏だから肉まんだって買ってくれるんだ」と。

母親は傷ついた。翌日、裕之を連れて先生の家に行った。「うちは貧乏でも物乞いではありません」という声は震えていた。

「そんなつもりは…」と頭を下げる先生の言葉を尻目に、奥さんが「夫は私のために裕之君を連れてきたのです」と割って入った。

この夫婦は5年前、水の事故で小学5年生の息子を亡くしていた。その息子によく似ている生徒がいるという話を夫から聞いて、奥さんが「一度会ってみたい」と言ったのだった。

—そんな古い記憶が甦った。裕之は帰りかけた母子に入場券を手渡し、少年に言った。

「君はうちのジャンパーを着て、ゲートで半券をお客さんに渡す。できるか？」

少年は1時間ほど仕事をした。そしてお駄賃として入場券をもらい、ゲートをくぐった。

時代と共に、親のお小遣いに対する考え方も、子どもの金銭感覚も、多様化している。今、「お駄賃」は死語になってしまったのだろうか。

決して「お駄賃のすすめ」とか「お駄賃の必要性」を訴えているわけではない。頑張った報酬として感謝の気持ちがこもったお駄賃がもらえる。それはいつか忘れられない思い出になるということである。

国民と共にある国であらんことを

タレントの武田鉄矢さんがラジオで作詞家・なかにし礼さんの半生を語っていた。

華やかな昭和歌謡界の一翼を担ってきたなかにしさんには、筆舌に尽くしがたい過去があった。

満州国に生まれた。終戦の年は7歳だった。母と姉の3人でソ連軍の奇襲攻撃や中国人の暴動に曝されながら、命からがら日本に引き揚げてきた。

武田さんは、なかにしさんの著書『夜の歌』（毎日新聞出版）を取り上げながら、あの地獄絵図のような過去から紡ぎ出した言葉が歌となって、いかに経済復興に沸き立つ日本人を魅了したかを語っていた。

1963年、中西さんは立教大学仏文科の3年生だった。学生結婚をした彼は、その年の夏、静岡県下田に新婚旅行に出掛けた。夜、新妻と2人でホテルのバーに入ったところ、とんでもない男に声を掛けられた。映画の撮影に来ていた石原裕次郎だった。

裕次郎さんの目に、2人はとても素敵なカップルに見えたようで、手招きされ、「一緒に飲もう」と誘われた。相手は天下の大スター。中西さんは裕次郎さんの話に引き込まれていった。

「何やってるの?」と聞かれ、「シャンソンの和訳を」と答えると、「シャンソンは日本語にするもんじゃないよ。流行歌を書きなよ。いいのができたら俺のところに持ってこいよ」と言われた。

その言葉を真に受け止め、1年後、中西さんは石原プロに裕次郎さんを訪ね、自作の詩を手渡した。そこから作詞家「なかにし礼」が芽吹き始めた。

ある日、裕次郎さんから呼び出された。

「新人を預かった。この子を売り出したい。歌を作ってくれないか。名前も考えてほしい」

と頼まれた。

咄嗟に、尊敬する作曲家・黛敏郎さんの名前が浮かんだ。そして彼女の本名「渡辺順子」の「順」を取って、「黛ジュン」と名付けた。


先に曲ができてきた。

「この曲をヒットさせることが自分の運命を切り開いてくれた裕次郎さんへの恩返しになる」と思った。冒頭に4つの音符があった。

ここにぴったり当てはまる強烈な言葉をなかにしさんは探した。


いつしか7歳の時に見た光景が蘇った。

ハルピン駅で一寸の隙間もなく押し込まれた列車に乗せられ南に向かっていた。途中、ソ連軍の戦闘機に銃撃され列車は穴だらけになった。

一瞬にして周囲は阿鼻叫喚の地獄と化した。奇跡的に中西さん親子は助かった。

ひと月ほどかかって港町に着いた。そこで見たものは雲ひとつない青空の下に広がる海に浮かんだ軍用艦だった。自分たちを日本に乗せていってくれる船だ。

絶望の中で見つけたあの光景を、この4文字で表わした。

「ハレルヤ」

ハレルヤ花が散っても
ハレルヤ風のせいじゃない
愛されたくて愛したんじゃない
燃える想いをあなたにぶっつけただけなの…
『恋のハレルヤ』は大ヒットし、黛ジュンは一躍スターの座に駆け上った。
こんなこともあった。ハルピンの街で日本政府発行の文書が配られた。

「国内は米軍の空襲で壊滅状態である。今年の米作は空前の大凶作だ。満州国以外からの引揚者は700万人にものぼる。もはや満州移民を受け入れる能力がない。よって満州で自活されることを望む」とあった。

皆「国に見捨てられた」と思った。しかし背後からはソ連軍が迫ってくる。移民たちは絶望の中を南下するしかなかった。

それから24年後の1969年、一つのヒット曲が生まれた。『人形の家』だ。

顔もみたくないほど
あなたに嫌われるなんてとても信じられない…
ほこりにまみれた人形みたい
愛されて捨てられて忘れられた部屋のかたすみ…

なかにしさんは、国策に翻弄された移民たちの想いと無念さを失恋の歌に重ねた。

2月11日、建国記念の日に祈る。この国が永遠に国民と共にあらんことを。

絶望から紡ぎ出した希望の詩を

「閉じ込め症候群」という病名を知ったのは、とある雑誌に掲載されていた國學院大學教授・柴田保之さんのインタビュー記事だった。

病気や事故による脳障がいのために全身の機能を失い、唯一できるのはまばたき、動かせるのは眼球だけという人もいる。コミュニケーション手段がないのでその人に意思があるのかも分からない。

柴田先生は、それまで先天的な重症心身障がい児の運動機能を引き出す研究をしていた。「言葉はなくても何かを感じる心を持っている」と思っていた。

ところが、いろんな子どもたちと接する中で、「もしかしてこの子は言葉を理解しているのでは？」と思える子が複数いた。

そんな子に、運動機能を引き出すために開発したコンピュータを使って関わってみた。かすかに動く指でスイッチを押すことさえできれば文字を選択できるコンピュータである。

まずひらがなの50音表を見せ、横に並んだ「あかさたな」を指して「行」を選ばせる。たとえば「か行」を選んだら、次は縦に並んだ「かきくけこ」を指して一文字を選ばせる。こうして意味のある言葉が出てくるかやってみたのだ。

小学4年生の「かんなさん」のことが紹介されていた。

かんなさんは、柴田先生がこれまで関わってきた中で最も重度の先天的な心身障がい児だった。好きな音楽を聞くと身体がわずかに反応するくらいで、誰も彼女が言葉を理解しているとは思っていなかった。

かんなさんは50音表の中から「か」「ん」「な」と、自分の名前を選んでいった。手の動きはさらに「か」「あ」「さ」と続いた。周りは固唾を飲んで次の一文字を待った。

『ん』を選んだらこの子は言葉と文字を理解していることになる。もしそうだったら私のこれまでの研究が土台から崩れるだろう」と柴田先生は思った。
彼女は「ん」を選んだ。最終的にこんな言葉が並んだ。

「かんな　かあさんがすき　めいわくばかり」

言葉を理解していたどころか、かんなさんの心は母親への感謝と愛情に満ち溢れていた。柴田先生の試みは、言葉のない世界で生き続けてきた当事者とその家族にとって大きな希望となった。

溝呂木《みぞろぎ》眞理《まり》さんが柴田先生のことを知ったのは6年前のことだった。眞理さんの長女・梨穂さん（当時25）は生後1か月の時、二度の黄疸で脳に酸素がいかない状態に陥り、以来19年間寝たきりで、最重度の脳障がい者として生きてきた。

眞理さんは、梨穂さんが1歳の頃から絵本を読み聞かせ、文字や数字を教えた。音楽も童謡からクラシック、Jポップと、年相応のものを聴かせてきた。

「この子には意思も言葉もある」と眞理さんは信じていたが、医師にそれを説得する手段がなかった。

だから柴田先生と出会った時、眞理さんは興奮した。

柴田先生は梨穂さんの手を取り、パソコン画面の50音表に反応するひらがなを一文字一文字拾っていった。それはしっかりとした言葉になった。

「みぞろぎりほ　いいたいきもちがあります。びっくりしてゆめのようです。ながいあいだまちのぞんでいました…」

眞理さんは「梨穂の生まれてはじめての言葉を読んだ時、鳥肌が立った」という。

初めての言葉はさらにこう続いた。

「ごらんのとおりなにもできないわたしですが、ぼんやりといきてきたわけではありません。ずっとわたしはにんげんとはなんなのかということをかんがえてきましたから、…わたしはわたしらしくいきてきました…」

その後、梨穂さんは堰《せき》を切ったように思いを詩に綴った。

3年後、詩集『らりるれろのまほう』を発刊、昨年は2冊目となる『約束の大地』（青林堂）を出した。

柴田先生の「通訳」で、100人以上の「言葉がない」とされてきた人たちが言葉を持った。言葉を持つことの素晴らしさには言葉にならない感動がある

夢には「諦めない理由」が必要だ

福祉相談員・小林修さんは脳性まひで、体が思うように動かせない。言語障害もあり、思っていることがうまく話せない。その悔しさと60年以上も付き合ってきた。

そんな小林さんが言う。

「健康な体をもって生まれたのに、その体を悪いことに使って自分の人生を台無しにしている人がいる。せっかく不自由ない体で生まれてきたのだから立派に生きてほしい」と。

健康な人ほど軽く受け流してしまいがちな言葉である。

確かに体の一つひとつの機能をどううまく使おうかなど普段はあまり考えない。

小林さんは幼い頃に受けた機能訓練のおかげで生活自立ができるようになり、結婚もし、子どもにも恵まれた。

それも「この体で生きていく」という若き日の決意があったからだろう。

元中学教師の越塚勇人さんは、ある日突然体の機能を失った。スキーをしていた時の事故で首の骨を折ったのだ。

2022年3月、36歳の時だった。

集中治療室で目が覚めた時、待っていたのは手足が全く動かない現実だった。

「人生、終わった」と思った。教壇では「命の尊さ」を生徒に訴えてきたのに、その時の正直な気持ちは「死にたい」だった。

食事も風呂も排泄も看護師の介助なしにはできなくなった。その屈辱の日々は耐えがたく、毎日死ぬことばかり考えた。

ある日、優しく声を掛けてきた若い看護師に「おまえに俺の気持ちが分かるか。偉そうなこと言うな」と口には出さなかったが、そんな気持ちでにらみつけた。

その気持ちが伝わったのか、看護師は「私、今、腰塚さんの気持ちを考えず言ってしまいました。ごめんなさい。でも本気で元気になってもらいたいんです。お願いですからお手伝いさせてください」、そう言って泣きながら病室を出ていった。

その夜、腰塚さんは何時間も泣いた。

「ここに俺の気持ちを分かろうとしてくれている人がいる」

4月を前に学校側は腰塚さんを3年1組の担任にした。

「ふざけるな。俺は寝たきりだぞ」と言ったが、見舞いに来た学年主任の先生は、「戻ってくるまで私が代わりに担任をします。卒業式では必ず腰塚先生が卒業生の名前を呼んでください」と言った。

リハビリで24歳の理学療法士から「腰塚さんの夢は何ですか?」と聞かれた時も、「ふざけるな。こんな体で夢なんか持てるか」と思った。

リハビリの度に聞かれるので、半ばふて腐れて「夢はもう一度教壇に立つこと」と言った。そして「絶対無理だと思うけど」と付け加えた。

リハビリは過酷を極めた。何回やっても動かない手足。

諦めそうになる度に3年1組の生徒の顔が浮かんだ。「待ってろよ！」と、また奮起した。

「それまでは『できない理由』ばかり言ってきた。でもあの時、彼らの存在は『諦めない理由』になった」と当時を振り返る腰塚さん。

そして事故から4か月後、杖をつきながらではあったが、腰塚さんは本当に教壇に戻ってきた。

腰塚さんとは〝先日、宮崎市立赤江中学校70周年記念講演会の懇親会の席で会った。〟

飲み会の席だったが、「70周年記念に越塚さんのメッセージを刻んだ石碑を建てましょう」という話になった。

「坂村真民先生の『念ずれば花開く』という石碑は全国にあるけど、腰塚さんの石碑はまだどこにもない。ここを第1号にしよう」と盛り上がった。

半年後、それが現実になった。除幕式に腰塚さんも駆けつけた。正門近くに建てられた石碑には越塚さんのメッセージ「五つの誓い」が刻まれていた。

口は人を励ます言葉や感謝の言葉を言うために使おう
耳は人の言葉を最後まで聴いてあげるために使おう
目は人のよいところを見るために使おう
手足は人を助けるために使おう
心は人の痛みがわかるために使おう

自分の気持ち、大切にしてますか？

数年前、元中学校教師・腰塚勇人さん（56）の講演記事を連載した。

体育教師だった腰塚さんは36歳の年の3月、スキーの転倒事故で首の骨を骨折。首から下が麻痺状態となり、医者から「一生寝たきり。よくなっても車いすの生活」と言われた。

ところが、新学期を目前に控えた人事で、彼は3年1組の担任になった。お見舞いに来た学年主任に「ふざけないでください。俺は寝たきりですよ」と言ったら、「戻ってくるまで私が代わりに担任をします。卒業式では腰塚先生が卒業生の名前を呼んでください」と言われた。

3年1組の生徒は、彼らが1年生の時から腰塚さんが持ち上がりで受け持った子どもたちだった。彼は「もう一度教壇に戻ろう」という無謀な夢を抱いた。一人ひとりの生徒の顔が浮かぶ度に「待ってろよ」という気持ちにもなった。

腰塚さんの身体は、左足の指がかすかに動き始めたところから、医学の常識を超えて徐々に回復へと向かっていった。

事故から4か月後の7月。杖をつきながらではあったが、彼は教壇に戻ってきた。その最初の朝のホームルームで出欠を取る腰塚さんの声も、返事をする生徒の声も、涙声だった。

この感動の物語をフジテレビの番組『奇跡体験！アンビリバボー』が再現ドラマで放映した。本紙紙面で紹介した講演記事もここまでだった。

しかし、この熱血教師の生還物語には「続き」があったことを彼の近著『気もちの授業』

（青春出版社）で初めて知った。復帰後の予想を超えた厳しい現実に直面し、「社会復帰なんてしなければ…」という気持ちになっていたというのである。

3年1組の生徒とは、それまでの2年間で築いた信頼関係があった。クラスがひとつにまとまり、みんなが腰塚さんを支えた。卒業式は感動の渦に包まれた。

次の年度になり、彼は新1年生の担任になった。子どもたちの目に映った担任の先生は、できないことが多い、一人の障がい者に過ぎなかった。熱血体育教師→事故→過酷なリハビリ→奇跡的な回復というストーリーを誰も知らない。

どうやって信頼関係をつくったらいいのか途方に暮れた。生徒たちもそんな先生とどう接したらいいのか分からなかったに違いない。「教壇に戻る」という夢は叶ったが、戻った後、障がい者としてどんな教師になるのかまでは考えていなかった。

それでも、「生かされたいのちじゃないか」「仕事があるだけでも感謝しよう」「頑張れ。負けるな」と自分を励ました。でも生徒から「なんでこんな先生が担任なの？」と思われているような気がして、だんだん自信がなくなり、教室に入るのが苦しくなった。そして、その「気持ち」を誰にも言えないまま、ついに学校に行けなくなった。

その後の異動で障がい児教育に身を置くことになった。その頃から、あちこちの学校に講演で呼ばれるようになった。

事故から復帰までの壮絶な体験を語る「命の授業」は、子どもたちの心を揺さぶった。そこに自分の使命を感じた腰塚さんは10年前に退職。この10年で講演回数は１９００回を超えた。

そして今、新たなテーマが見えてきたという。夢を叶えた後の、心が病んでしまったあの時の「自分の気持ち」をしっかり受けとめること。

「現職の時、子どもたちに『人の気持ちを考えろ』とは言ったけれど、『自分の気持ちを考えろ』と言ったことがなかった」と腰塚さんは振り返る。その言葉をそのまま自分に突き付けた。

「あの時、苦しかったのは自分の気持ちを誰にも言えなかったからだ」と。

苦しい時、気持ちに蓋をしたまま頑張り続ける人がいる。心が荒んでいる時、人はものを破壊したり、怒鳴ったり、弱い人をいじめたり、自傷行為をしたりする。どちらも自分の気持ちと向き合えていない。

コロナ禍で腰塚さんは子どもたちに向けて、自分の気持ちに気づき、その気持ちを整え、幸せに動く力「幸動力」を身に付ける「気持ちの授業」を始めた。

これはきっと大人にも必要だ。

赤紙を受け取った乙女たちがいた

兵庫県小野市の開業医・篠原慶希《しのはらよしき》さんからバーコードのない一冊の本が届いた。自費出版されたものだろう。

同じ町に住む御年《おんとし》95歳の治居冨美《はるいふみ》さんの本である。恥ずかしながらこの本を読むまで、戦時中、召集令状（赤紙）を受け取った女性たちがいたことを知らなかった。

冨美さんは言う。「〝明日があるから〟なんて思えない時代でした」と。そして「大げさではなく一秒先も考えることができなかった時代に、今日を懸命に生きることがどんなに素晴らしいかを知りました」と綴っている。

91歳になった平成28年、冨美さんは衝動的にペンを執り、半生記を書き上げた。タイトルを『今日を生きる』とした。

1枚の赤紙で戦地に送られたのは男たちだけではなかった。日本赤十字社（日赤）の看護婦たちにも、それは来た。

冨美さんが赤紙を受け取ったのは、昭和18年4月10日、18歳の時だった。北海道北見の日赤看護婦養成所を卒業したばかりだった。

あの頃、看護婦の卵たちは従軍看護婦に憧れていた。卒業生の中から成績優秀な5人が選ばれた。その中の1人が冨美さんだった。5人は心から歓喜した。赤紙には「4月14日札幌集結」と書かれてあった。

冨美さんには、70年経っても忘れられない日がいくつもある。同年4月13日もその一つ。

その日、故郷・礼文島《れぶんとう》から10時間かけて母親（48）が、9歳と13歳の2人の妹をつれて札幌の宿にやってきた。礼文島の村長が「生きて帰ってこられるか分からない。出征前の娘に会ってこい」と、小樽まで特別船を出してくれたのだった。

赤飯、海苔巻き、生菓子、当時としては手に入りにくいご馳走が並んだ。食べながら富美さんは涙で母の顔が見られなかった。一瞬目が合った。母の瞳も真っ赤に充血していた。夜は4人で枕を並べた。富美さんは母の背中に顔をつけ、両手で妹たちの手を握って寝た。いつまでも涙が止まらなかった。

翌朝、札幌駅で3人を見送った後、誰もいない駅の洗面所で声を上げ、一生分の涙を流した。そして「もう泣かない」と覚悟を決めた。

配属されたのは中国・上海第一陸軍病院で、内科、外科、伝染病科を3か月交替で勤務した。いずれの科にも、昼夜を問わず瀕死の兵士が搬送されてきた。

毎日が睡眠不足で、気が付くと歩きながら眠っていたこともあったという。恐ろしいのは伝染病科で、赤痢、腸チフス、マラリア、結核等々、それらに感染して命を落とす看護婦もいた。

昭和20年8月15日、玉音放送を聞いた後も医療活動は続いた。各地に点在していた兵士が続々と港のある上海に集まり、負傷兵の数も急増した。皆、骨と皮だけ。終戦を迎えてから無念の死を遂げる兵士も少なくなかった。

忘れられない日、昭和21年1月10日もまたその一つ。帰国船が博多港に着いた日だ。帰国船には負傷兵護送の任務で乗った。博多港で負傷兵をそれぞれの出身地に送り出した後、やっと「任務完了」の声を聞いた。

北見看護婦養成所の同期5人は、そこから北海道に向かった。途中、汽車の車窓から爆撃跡の瓦礫と化した街並みが見えた。東京では日赤の制服を見て、戦争に加担したということで5人に罵声を浴びせる人もいた。

函館駅に着いた時、空腹と疲労で駅の片隅にへたり込んだ。初老の男性が近寄ってきてこう言った。「従軍看護婦さんですね。ご苦労さんでしたね」。涙声だった。「買い出しに行ってきたんですよ」と言って、家族のための食べ物を少し分けてくれた。大雪の日だったが、故郷の人の心の温かさに触れ、5人は泣きながら食べた。

忘れられない日はまだある。同年1月20日、冨美さん21歳の誕生日の日だ。その日、冨美さんは生きて故郷・礼文島に帰ってきた。その後、結婚で兵庫県に移り住み、70年の歳月が流れた。

ある日、ふと「自分は今生かされている」ということに気が付いた。「思わず書かずにはいられない衝動にかられました」と、冨美さんはかつての同志のためにペンを執った。

赤紙1枚で兵士と共に戦場で闘った乙女盛りの看護婦は約3万5000人。うち約1200人が戦死した。

プラスイメージに変えるのは私

渡部佳菜子さんが生まれ育った町はコンビニが1軒しかなく、電車は2時間に1本。どこにでもある田舎町だ。

基幹産業である農業を支える後継者もなかなか育たない。そんな中、彼女の父親はいつも「農業はこれから面白くなる」と言っていた。台風できゅうりが全滅した時も「自然のことだからしょうがない。次はもっとうまくやってやる」、そう言って目を輝かせていた。

小学生の頃の佳菜子さんはそんな父親が大好きだった。だから「大きくなったら農業をやる」とよく言っていた。そう言って両親を喜ばせていた。

中学生の時、友だちから将来の夢を聞かれ、「農業」と答えたら笑われた。彼女の周囲にはそんな空気が流れていた。以来「農業」という言葉を口にすることはなくなった。

高校卒業後、県立農業短期大学校に進んだ。そこで農業の未来について語り合える仲間と出会った。「やっと本当の自分を取り戻すことができた」と思った。

友だちとドライブをしていても、「あのハウス、何を作っているんだろうね」という会話になった。覗きに行って農家さんの話を聞いたりもした。

卒業式は2011年3月9日だった。「福島の農業を元気にしようね」と励まし合い、皆、夢に向かって飛び出した。

その2日後、故郷の町は一変した。

前号の社説に「私は自分の仕事が大好き大賞」のことを書いた。

5人のプレゼンターが若者に向けて自分の仕事のことを語るイベントだ。佳菜子さんはその5人の中の1人だった。語ったのは震災後の家族の苦悩だった。「復興に向かう農家を一番苦しめたのは『風評』でした」と。

彼女が住む西会津町は新潟との県境にあり、原発から120キロ以上離れている。震災後の大気中の放射線量は東京より少なかったが、怖いのはデータではなくイメージだと痛感した。

きゅうりの価格は暴落し廃棄物のように扱われた。収穫寸前だったブロッコリーは検査を何度も受けているうちに腐ってしまった。「福島の農業を元気にしたい」という夢は不安と恐怖で押しつぶされそうになった。

そんな気持ちを払拭しようと、彼女は県や町主催のイベントのイメージガールとして都会に出ていき、消費者に福島の野菜をPRした。

あるところでこんな声が聞こえてきた。「なんで福島から来てるのかしら。福島の物を売るなんて非常識よね」

聞こえないふりをして、明るく元気な声を出し続けたが、愛想よく振る舞えば振る舞うほど悲しくなり、やがて声が出なくなった。

佳菜子さんは言う。

「農家は野菜を作っているんじゃない。育てているんです。長い歳月をかけて土を育て、種を植え、水をやり、太陽の光をたっぷり受けられるように心を配り、自分の子どもを育てるような気持ちで育てているんです」と。そのすべてが否定されたようだった。

そんな時、1人の女性が声を掛けてきた。

「きゅうりください。福島のきゅうりっておいしいわよね」

その言葉は真っ暗だった彼女の心に光となって差し込んできた。溢れ出る涙を拭うことも忘れ、「はい、日本一です」と言ってきゅうりを手渡した。

佳菜子さんは気付いた。「イメージってつくり物なんだ」と。

「福島にマイナスイメージを持つ人もいるが、そうでない人もいる。イメージはその人が勝手に心の中でつくっているだけ。だったら私が福島の野菜のイメージをつくろう」、そう思ったらワクワクが止まらなくなった。

それから佳菜子さんは本物のイメージガールを目指して全国の主要都市で街頭に立った。義援金の金額が世界一だった台湾にも行って福島の野菜をＰＲした。

風評被害は今でもあるそうだ。それでも彼女は言う。「それをプラスイメージに変えるのは私。農業は益々面白くなる」と。

幸せな人で溢れている社会を

ＮＨＫの朝の連続テレビ小説に『ひよっこ』というドラマがあった。時代的背景は昭和40年代である。

地方の中学や高校を卒業して集団就職で都会を目指していた子どもたち、日本中を沸かせた東京オリンピック、若者を熱狂させたビートルズ来日、かつて戦争で悲しい涙を流した人たちが笑顔を取り戻していく、そんな時代を描いている。

主人公は茨城出身の矢田部みね子。

最初に就職した工場が倒産し、みね子たちは次の職を得て女子寮を出ていった。再就職先を世話したのは女子寮の舎監・永井愛子だった。しかし、彼女自身はそんなに若くないこともあり（たぶん40代）、自分の再就職先を見つけられないまま退社した。

そこでドラマの前半が終わった。

愛子は、恋人を戦争で亡くしていた。お盆休みが来ると女子社員がバカンスを楽しむのを横目で見ながら、毎年恋人のお墓参りを習慣にしていた。

女子寮のみんなとお別れする日、愛子はこんなことを言っていた。「つらいことがあった分、これからの私には幸せしか待っていないの。大変なことになるわよ」

ドラマの後半に、愛子が再び登場した。

みね子の再就職先のレストランに現れたのだ。まだ無職のままで、人生のどん底にいるような感じだった。

久しぶりに再会したみね子に「そういえば、『これからの私には幸せしか待っていないの。大変なことになるわよ』と言ってましたよね」と言われ、「それ、忘れてかけていた」と言って、愛子に笑顔が戻っていく。

これは中国の格言、「禍福《かふく》は糾《あざな》える縄の如《ごと》し」に通じるところがある。

以前、作家の浅田次郎さんが講演の中でそんな話をしていた。

本来は「より合わさった縄のように幸福と不幸は交互にやってくる」という意味なのだが、高校生の頃から中国の文学や古典に親しんでいた浅田さんは言う。

「読む人の境遇によっていかようにも解釈できるのが漢字でできた文章の面白さです。私の場合、幸不幸は交互ではなく、人生の前半に不幸が集中していて、40歳から幸福になり、それ以降ずっと幸せです。つまり私はこの格言を『幸福と不幸は等量に訪れる』と解釈しています」


作家を目指していた浅田さんは若い頃、全く芽が出なかった。電車に乗れば「このままどこかに行ってしまいたい」と思うほど、いつも追い詰められていた。

そんな浅田さんを支えたのが、その格言だった。

「禍福は糾える縄の如く自分はもう不幸を十分に経験したのでこれからはきっと幸福がやってくるに違いない。もうちょっとの辛抱だ」、そう思って頑張った浅田さん。

40歳の時の作品がヒットし、それ以降、浅田文学は売れ続けている。

もう一つ、彼の人生を支えた中国の格言が「意の存するところ、すなわち禍福なり」だそうだ。

庶民的に解釈すると、「ものは考えよう」という意味である。自分の気持ち次第で幸福になったり不幸になったりする。人生とはそういうものだ、と。

しかし、この格言は三国志の「許靖《きょせい》伝」の中の一節で、それは「魏」という国の皇帝に向けて書かれたものだそうだ。

すなわち、「皇帝というものはこうあらねばならない」ということが記されている。

それによると、「高い地位に立つ人間は、他人の運命を左右する立場にある。

だから軽々しく人を不幸にするような言葉を吐いてはいけない」、これがその格言の正しい解釈だと浅田さんは言う。

組織のトップや政治家、有名人、それからメディア。

それらの人たちは「自分は他人の幸不幸に影響を与える立場だ」と、そこまで考えて行動すべきであるということである。

よく「誰にも迷惑を掛けてないからいいんだ」と言う人がいるが、そういう人の行為ほど、その人を思いやっている人に迷惑を掛けているものである。

自分の行為は時として誰かを幸せにすることもあるし、誰かを悲しませることもある。

誰もがそう自覚して行動していくと、幸せな人で溢れる社会になるのではないか。

二つの格言を繋げて勝手にそう解釈してみた。

個人情報を皆で共有する健全さ

台湾在住の日本人ジャーナリスト・片倉佳史《よしふみ》さんと居酒屋で語り合った。


冒頭、片倉さんは、最近友人が自ら命を絶ったことを悔しがっていた。

「相談してもらえたら『すぐ台湾に来い！』って言ったのに…」と。

「世界40か国以上旅したけど、台湾ほど精神衛生のいい国はない。台湾にいるだけで『死にたい』という気持ちが吹っ飛ぶ」と話していた。


その話に興味を持った。

男性学研究をやっていた90年代後半、日本は「自殺大国」といわれていて、自殺者が年間３万人を超える年が続いていた。

特に、男性の自殺者は女性の3倍ほどもあり、男性「性」の生きづらさを垣間見ていた。

たとえば、保守的な風土で育ち、「男尊女卑」的な意識が強いために自分の悩みや弱さを妻や第三者に言えないという男性が特にそうだった。

あるいは、お酒がうまい地域の自殺率も高かった。日本酒のうまい東北や、焼酎の消費量が非常に高い南九州である。

つらい時、誰にも相談せず、酒で現実逃避をしていたのかもしれない。

2000年に入って、政府も行政も自殺対策に乗り出した。それが功を奏したのか、今自殺者の数は当時より1万人ほど減っている。

さて、精神科医の森川すいめいさんは、自殺が多い地域ではなく、自殺が極端に少ない地域に目を付けた。その地域に何か秘密があるのではないかと、数日間滞在し、気付いたことを本に綴った。

その一つが、本のタイトルにもなっている「その島のひとたちは、人の話を聞かない」だった。伊豆諸島の中にある神津島《こうづしま》のケースである。

たとえば、「昨日映画を観てきた」と話すと、普通、相手は何を観たのか聞くし、「先週、旅行に行ってきた」と言うと、どこに行ったのか聞くだろう。

しかし、その島の人たちは聞かない。関心のないことには興味を示さないのだ。

それから徳島県旧海部町《かいふちょう》。

この町の人たちは、皆あいさつをする程度の人間関係を持っているが、それほど親密な関係にはないという。親密な人間関係があるということは、その関係に入れずに孤立している人がいるということでもある。

つまり、親密な人間関係はないけれど、孤立する人もいない町なのである。

旧海部町に滞在中、森川さんは治療中の歯が痛み出し、旅館の主人に「近所に歯科医院はないか」と相談した。

近くに歯科医院はなかったが、町内の元看護師の家に簡単な医療器具があることが分かり、彼はそれを使って自分で処置した。

翌日、散歩をしていたら、すれ違う人が皆「歯は大丈夫ですか？」と話しかけてきた。自分の情報が漏れていることに驚いた。旅館の主人が噂を広めたのではなかった。

実は「歯が痛くて困っている客がいる。誰か助けてくれ」と、いろんな人にSOSを発信していたのだ。その結果、行き着いたのが元看護師だった。

相談を受けた人は、自分でできることはするが、できないことは別の誰かに相談する。決して「できない」とか「分からない」で済ませない。

「それはあちらの部署に行ってください」と、たらい回しにもしない。

この特徴は台湾にもあった。

道を尋ねると、その人がもし知らない時、「分かりません」で済ませず、その人が別の誰かに聞いてくれるのだ。

森川さんは著書で、この「見て見ぬふりをしない」も、自殺希少地域の特徴の一つに挙げていた。

ふと、個人情報保護はある意味、無関心の輪を広げるという側面もあるのではないかと思った。

「あの家のご主人、最近奥さんを亡くして寂しそう」とか「あそこの家の娘さん、先月離婚して戻ってきて、仕事を探しているそうよ」などのＳＯＳ情報が地域に漏れているほうが、本当はいい社会なのではないだろうか。

自分の身を自分で守っていくために

現代は過度なストレス社会だ。夫婦生活、子育て、仕事、そこでの多様な人間関係。生活の営みは昔から変わっていないが、その中身が激変している。生身の人間だから、その変化になかなか対応しきれない。それがストレスになる。

榎本まみさんは都内の大学を卒業して大手カード会社に就職した。配属されたのはコールセンターだった。

案内された部屋には端から端まで机が隙間なく並んでいた。そこに座って入金の確認が取れていないお客に朝から晩まで督促の電話をするのだ。

新入社員約100人の中から13人が選ばれた。というより「生贄《いけにえ》になった」と榎本さんは言う。与えられた顧客名簿は電話帳ほどの厚さがあった。

入社初日、「支払日は過ぎています。ご入金をお願いします」と言うと、「うるせぇんだよバカヤロー。ちゃんと払うっつってんだろう。テメェ今度電話してきたらぶっ殺す」という言葉を浴びせられた。

一瞬体が固まった。隣の先輩に「こんなこと言われました」と言うと、「じゃあその言葉を督促表に書いといて」とあっさり。

そこには60人の正社員がいた。皆一日中お客から怒鳴られ、嫌味を言われ、泣きつかれる。それでも支払いをお願いする。

督促の電話を掛けてもいい時間帯は朝8時から夜9時までと法律で決められている。8時から電話掛けをするためには7時に出社して準備しなければならない。

朝電話を掛けると「朝っぱらから電話してくるんじゃねぇよ」と怒鳴られ、夜電話をすると「こんな夜遅くに何考えてるの！」と嫌がられ、昼間電話をすると「仕事中に掛けてくるな！」とまた怒られる。

夜9時に電話掛けが終わると手紙書きが始まる。督促状である。帰りはいつも終電だった。

しばらくすると毎晩夜中に高熱が出るようになり、悪寒で体が震えた。しかし朝になると平熱に戻るという奇病が続いた。慢性の下痢や顔中のニキビにも悩まされた。

離職率は高かったが、給料が高いのですぐ新人が入ってくる。彼女が辞めなかったのは上司に辞表を出す勇気がなかっただけ。元々人に強くものが言える性格ではなかった。半年で体重が10キロ減った。

ある時彼女は一念発起する。「自分の身は自分で守るしかない」と悟り、どういう言い方をしたらお客が支払ってくれるか研究した。お客を①感情的に怒鳴る人②感情的に泣く人③理詰めで攻撃してくる人④開き直っている人の4タイプに分け、それぞれに合った対処法で、回収率を少しずつ上げていった。

ある日、クレームの電話が掛かってきて、夜10時過ぎまで怒鳴られ続けた。その時、上司も先輩たちも榎本さんの電話が終わるまで待っててくれた。先に帰る人は「がんばれ」と書いたメモやお菓子を電話の所に置いた。1人の先輩は電話を聞きながら筆談でクレーム対処法を助言してくれた。電話が終わった時、机の上にはたくさんのメモとお菓子で小山ができていた。忘れられない涙味のお菓子になった。

暗い話になったが、実は榎本さんの著書『督促OL　修行日記』は、そんな現実とは裏腹に4コマ漫画付きで、ユーモアたっぷりに明るく描かれている。

さて、彼女はその後、地獄のような職場を生き抜き、年間2000億円の債権を回収する300人の督促班のリーダーになった。

榎本さんは3人の人に届けたくてこの本を書いた。

1人は全然督促ができなかった昔の気弱な自分に。1人は今も怒鳴られながら仕事をしている同僚たちに。そして統合失調症で今も部屋から出られない弟に。自分の心と体を守るために少しでも役に立てばという思いで。

もちろん彼女のような働き方を奨励しているわけではない。自分の身を守るために退職するという選択もあると思う。

ただ、榎本さんは本の終わりにこう綴っている。

「今あなたがストレスを感じているとしたら、それはあなたが変わろうとしているのかもしれない。それは新しく成長している素敵な兆候なのかも」と。

自分の可能性をなめてはいけない

たまちゃんは、大分で農業をやりながら講演や筆文字講座で全国を飛び回っている。

5年前に初めて会った時、「たまちゃん」は宮崎県教育委員会の中間管理職で、当時は「小玉宏」と呼ばれていた。

ほどなくして彼はその「殻」を脱ぎ、「たまちゃん」になっていくのだが、今日の話は「殻」を脱ぐ前の話である。


変態とは彼のことを言うのだろうとつくづく思う。

そもそも「変態」の本当の意味を教えてくれたのは、かつて理科の教師をしていた「たまちゃん」だった。

「変態とは生物学の専門用語で、幼虫がサナギに、サナギが成虫になることだ」と。

小玉宏は高校1年の時、完全に落ちこぼれていた。やる気もなければ、向上心もなく、底辺でくすぶっていた。

「おまえの眼は腐っとる」と生徒指導の先生から怒鳴られたこともあった。


腐った目のまま高校3年生になった。

新学期最初の全校朝礼で新しく赴任してきた先生が紹介された。その中に一風変わった先生がいた。新任なのに「おじさん」だったのだ。

化学の先生だった。「私、右も左も分かります。皆さんよろしく」というあいさつが小玉宏の気を引いた。


やがて受験のための補習授業が始まった。彼はその化学の先生の補習を受講することにした。ワクワクした。

しかし、化学の補習授業はめちゃくちゃつまらなかった。

淡々と説明するだけで冗談もなく、生徒はただ先生の板書をノートに写すだけだった。

2週間が過ぎた頃、「今日はサボろう」と思いながら何気なく化学のノートを見直していたら、あることに気付いた。

問題が違うのに解き方のパターンが全部同じだったのだ。咄嗟に机に向かって化学の問題に取りかかった。すると今までできなかった問題が面白いように解けた。

2か月後、化学だけ学年トップになった。

それからというもの、その化学の先生に憧れるようになった。

ある日、先生に出身大学を聞いたら、「広島大学」と言われた。それで志望校を広島大学にした。担任の先生に伝えると、「ふざけるな。お前には無理だ」と怒られた。

高校3年の9月のことだった。

広島大学の化学系の定員は12名だった。全国模擬試験の結果、86人が同じコースを志望しており、小玉宏は86人中86番目だった。「5000人中5000番目だったら諦めるけど、80人くらいなら抜けるんじゃないか」と思った。

それから半年間、死に物狂いで勉強した。

合格発表は高校からの電話だった。掛けてきたのは「おまえの眼は腐っとる」と怒鳴った、あの生徒指導の先生だった。

「おめでとう」と言った後、先生は電話口で男泣きに泣いた。

時は流れ大学2年の秋、教授から「大学院に進んで研究者になるか教師を目指すか決めなさい」と言われた。迷った末、高校の時に自分の進路に影響を与えた化学の先生に相談しようと思い、帰省した。

高校に先生を訪ねると、「2週間前に亡くなられました」と言われ、驚いた。話を聞くとこういうことだった。

あの先生は化学関連企業の技術者だった。

ある日、会社の健診にひっかかり、末期がんを告知された。

すると「若い世代に化学の素晴らしさを伝えるために残り少ない人生を使いたい」と言って退職し、教員採用試験を受け、高校の先生になったのだった。

「先生は命の使い方を見つけたんだ。先生の思いを受け継いで理科の教師になろう」、小玉宏はそう決心した。

というわけで、彼の最初の「変態」は落ちこぼれから理科の教師になるまでの話。

次なる「変態」はその20年後、退職して全国に羽ばたく「たまちゃん」になる話なのだが、それはまた別の機会に…。

変態とは、ある一定の期間を過ぎると、同じ生物とは思えないほど、とんでもない姿になること。

生命の中にはそんな可能性が潜んでいる。昆虫の話ではない。人間の話である。

たまちゃんは言う、「自分の可能性をなめるな」と。

祇園のドラマが世界中で観られる日

テレビドラマは連続モノなので第1話を観てしまうと、つい最後までずるずる観てしまう。

この間、日本経済新聞土曜版に「家族ドラマの名作ランキング」が紹介されていた。

ベスト3は1974年放送の『寺内貫太郎一家』で、ベスト2は81年放送の『北の国から』だった。どちらもよく知っているドラマだが、ベスト1の作品は知らなかった。77年放送の『岸辺のアルバム』である。

気になって有料配信サービスを契約して全15話を一気に観た。それは従来の家族ドラマのイメージをぶち壊すものだった。

貞淑を地で行くあの大物女優・八千草薫（当時46歳）が、家庭を顧みない企業戦士の夫に不満を抱いて不倫に走る専業主婦を演じていた。後の『金曜日の妻たちへ』の走りにもなったドラマだそうだ。

ま、それはそれとして、今週は「これこそ是非テレビドラマにしてほしい」という作品を紹介したい。字幕スーパーの入った日本のドラマを世界中の人が動画サイトで観ている昨今、読みながら「これは日本文化を世界に発信できるドラマになる」と思ったのである。

それは、志賀内泰弘著『京都祇園もも吉庵のあまから帖』（ＰＨＰ文芸文庫）という連作短編集だ。

「もも吉庵」とは、京都最大の花街・祇園甲部《ぎおんこうぶ》の芸妓《げいこ》だった〝もも吉〟が、引退後に始めたお店である。

そこに常連客が唯一のメニュー「麩《ふ》もちぜんざい」を食べにくる。食べにくるというより、「京都の花街で知らない人はいない」といわれた〝もも吉〟に逢いに来るのである。

もう一人、常連の登場人物が〝もも吉〟の娘・美都子（38）。彼女も一世を風靡《ふうび》した祇園一の美人芸妓だったが、訳あって突然廃業し、個人タクシーのドライバーをしている。

この二人を取り巻く心温まる人間模様と、舞妓・芸妓が闊歩《かっぽ》する花街の文化・風習が描かれていて、つい夢の世界に誘《いざな》われてしまう。

主人公は毎回違うのだが、皆、「もも吉庵」に「麩もちぜんざい」を食べに立ち寄る。ここが物語の中で一番重要なシーンだ。

第二話では、京都の老舗和菓子店「風神堂《ふうじんどう》」に入社して1年目の朱音（あかね）（22）が主人公である。彼女は、俗に言うどんくさい娘で、新人研修では先輩から「こんな不器用な人、初めて」と言われていた。

そんな朱音が研修後、「社長秘書」に配属になった。関東の片田舎出身の朱音が、人気有名企業「風神堂」に就職できた時は、家族も友人も「奇跡だ！」と驚いたが、配属先を聞いた時は「私には無理」と思った朱音だった。

ある日、イギリスから大切な取引先となるジョーンズ夫妻を接待することになった。

社長の京極丹衛門《きょうごくたんえもん》から、待ち合わせ場所は「京都祇園観光ホテル」と聞いて、それをジョーンズ氏にメールで伝えた。ところが朱音は、それと似た名前の別のホテル名を伝えてしまった。だから、当日は待ち合わせ場所にいなかった。接待はそんなミスから始まった。

それでも3日間、京極社長と朱音は心を込めて観光案内をした。ジョーンズ夫妻も終始笑顔だった。しかし、朱音は2人がどこか不満足であるような気がしていた。それは初日の自分のミスのせいだと思っていた。

ジョーンズ夫妻が日本を発つ日の朝、朱音は一人、ホテルで見送った。台風が近づく大雨と強風の日だった。翌日、朱音は辞表を書き、社長に渡すタイミングを探していた。

数日後、ジョーンズ氏から京極社長に一通の手紙が届いた。そこには驚くべき内容が書かれていた。京極社長は朱音を連れて「もも吉庵」に立ち寄り、女将〝もも吉〟の前でその手紙を披露した。

日本を発つ日の朝、ホテルのロビーで朱音が待っていたこと。朱音は初日のミスをしきりに謝っていたこと。空港に向かう自分たちの乗ったタクシーが見えなくなるまで、朱音は直角にお辞儀をして見送っていたこと。傘は差していたが、きっと全身びしょ濡れになっていたにちがいないということ。今回の旅で自分たちが一番知りたかったのは日本人のおもてなしの心、それを最終日に朱音を通して知ることができた、と書かれてあった。

京極社長はここまで涙声で読み上げていたが、やがてその声は嗚咽《おえつ》になった――。

ドラマは事実ではないが、どこか真実の香りがする。だから目が離せなくなる。いつの日かこの小説をテレビで観てみたい。

第二章

その体に魂を叩き込むすごさ

小川糸さんの小説『ツバキ文具店』をこれから読もうとしていた矢先、NHKがラジオとテレビで同時期にドラマ化して放送を始めた。

ラジオの『新日曜名作座』は連続6回、テレビの『ドラマ10』は連続8回の放送だった。

原作は細やかな描写を美しい文章で伝え、ラジオは声で想像を膨らませ、テレビは一人ひとりの役者の個性を引き出してくる。それぞれに味わいがあった。

『ツバキ文具店』とは、伝達手段がもっぱらメールやSNSの時代に、鎌倉で「代書屋」という、本人に代わって手紙を書くことを生業としている若い女性を主人公にした物語である。

「代書屋」とは、伝えたい気持ちがあるのにどう文章にしたらいいのか分からない人からの依頼を受けて、その人に代わって手紙を書く。

「家族同様に暮らしていたペットを亡くした夫婦にお悔やみ状を書いてほしい」とか、「元恋人にさりげなく近況を伝えたい」とか、中には「金輪際お付き合いをしたくないので絶縁状を書いてほしい」という依頼もある。

主人公は、依頼主と手紙の受取人双方の気持ちに想いを馳せて、万年筆にするか筆にするか、万年筆ならインクはどういう色がいいか、字の太さや字体、便箋の質感や切手の図柄まで考える。

物語は本、ラジオ、テレビ、それぞれでお楽しみいただくとして、二十代半ばの女性が、本人でもないのにどうして読む人の心を打つ見事な文章が書けるのか、というところに興味を持った。

主人公の「鳩子」は、代書屋を生業としていた祖母からスパルタ式に筆文字を叩き込まれた。

小学1年生で筆を持たされ、まず1日1時間、毎日右回りの「○」を書かされた。それを卒業すると次は左回りの「○」。その次は「いろは」の「い」の一文字だけをひたすら書く。

それに祖母が合格点を出すと、次は「ろ」。

3年生になると練習時間は1日1時間半になり、5年生になると1日2時間になった。

この場面を読みながら、女性として初めて文化勲章を受章した上村松園《しょうえん》の少女時代のエピソードを思い出した。

松園は明治から昭和にかけて活躍した女流日本画家である。

女性は年頃になると結婚して家庭に入るのが常識とされていた時代に、上村津禰《つね》（後の松園）は幼少の頃から筆を握っていた。

明治20年、小学校卒業後、地元京都の画学校に入学するが、人物画を描きたい津禰は、花鳥画中心の授業に落胆し、直接師匠から学ぼうと、即、退学。日本画家・鈴木松年《しょうねん》の弟子になった。

当時、松年のもとには多くの若者が集い、将来画家として名を上げようと、思い思いに絵を描いては師匠の指導を仰いでいた。

その中でただ1人、津禰は絵を描かない弟子だった。

一日中描いていたのは一本の線だった。来る日も来る日も津禰は線を引き続けた。

明治23年、15歳の時、その年に開催された「内国勧業博覧会」に津禰は『四季美人図』を出品した。

それをイギリスの皇太子が買い上げたことで、彼女は一気に世間から注目を浴びる。

松園の引く線の美しさは、いろいろな絵の中に描かれた「簾《すだれ》」に見てとれる。

もしご存じなければネット上でもいいので、彼女の代表作『楊貴妃』をご覧いただきたい。中国・唐の時代、玄宗皇帝とこれから初めての夜を迎えようとしている絶世の美女・楊貴妃の裸体画だ。

その背後に二つの簾がある。一本一本の線で描かれた簾は、外の笹の葉をうっすらと透かせながら、まるで本物のように風に揺れている。

幼い頃の鳩子が来る日も来る日も書かされた「〇」。12歳の松園がひたすら引き続けた線。それは誰かの思いを憑依《ひょうい》させる「筆を持つ手」をつくるために必要だったのだ。

ややもすると楽を求めがちなこの体には、しっかりと魂を叩きこまなければならないのである。

学んだ分だけ人生は面白くなる

桜が咲く季節になるとなぜか日本人はウキウキ、ワクワクしてくる。子どももそうだ。上の学校に進学するとか、卒業して社会人になるとか、特に親元を離れて新天地で生活を始める若者にとってはなおのことだろう。

『上京物語』は、作家の喜多川泰さんがそんな若者に贈る、不思議な一冊だ。

「何が不思議か」というと、前半の主人公は「祐介」、後半の主人公は「祐輔」なのである。地方から新居地・東京に向かう祐輔は見送りに来た父親から一冊の本ほどもある分厚い手紙をもらった。

手紙の前半は「祐介」という架空の男を主人公にした小説で、後半は「祐介」のような人生にならないよう、息子・祐輔へのメッセージが綴られている。

前半の小説はこんな内容である。

「祐介」は、人が羨むようなお金持ちになって裕福な生活を手に入れるという、そんな成功者になることを夢見ている。仕送りとバイトでやりくりしながら過ごした学生時代にお金の大切さを身に染みて知った。

社会人になると思いの外、仕事が楽しく、人一倍頑張る祐介だが、1年後、思ったほど給料は上がらずがっかりした。

その後、年齢とともに収入も上がっていくが、その分だけ支出も増えていくので、豊かさを感じられない日々を送っていた。

祐介の意識はいつも収入と支出に向けられていた。結局、何も事を起こすことなく、老後のことを考える歳になった。

祐輔は、新幹線の中でその「つまらない祐介の人生」を読み終えた。
手紙の後半は「愛する息子、祐輔へ」という書き出しだった。

「この小説は上京した多くの人たちの実話だ。奇跡も起きないし、お金持ちとの出会いもない。おまえも東京で生活を始めたら、『祐介』のような顔をした大人にたくさん出会うだろう」

「みんな欲しい物を次から次へと手に入れること、またそれを可能にするだけの富を手に入れることを成功だと思っている。それは成功者の常識ではなく、一部の人を成功者にするために植え付けられた消費者としての常識だ」

「その常識を破らないと、どんなに頑張っても必ず『祐介』のような人生になるぞ」というようなことが綴られていた。

父親が息子に伝えたい「破るべき五つの常識の殻」については本書に譲るとして、もう一つのメッセージ「自分の価値観をつくる三つの方法」が面白かった。

その一つが「投資」という考え方だ。

今ある財産を今使うことを『消費』というのに対して、「投資」とは今ある財産を今は使えないものに換えて、将来大きくなるのを待つことをいう。

若者にとって「今ある財産」とは「時間」だ。その貴重な「時間」を何に投資すべきか。

「一つは頭を鍛えるために。もう一つは心を鍛えるために」と祐輔の父親は言う。

そしてライオンを引き合いに出して「『もうそんな時代じゃない』と言って、ライオンが鋭い牙と爪をはずしたらどうなるか。きっと絶滅するだろう」

「ライオンにとって最大の武器が牙と爪であるように、人間にとってのそれは学び続けることなのだ」と。

「学び続ける」ことの大切さは、あの松下幸之助さんも中学3年生向けの道徳の教科書の中で述べている。

「学校を卒業して社会に出ると勉強しなくなってしまう人が多い。そういう人は伸びないですな」

「会社や社会というところは、人間なり人生について教わる『学校』だと考えてみたらどうだろう。そこにはいろんな人の人生模様が繰り広げられている。学ぶべきことは無限にあります」

4月から新しいスタートを切る皆さん。自分が主人公の小説がいよいよ始まる。

本当の「学び」はこれからだ。ただ「学ぼうという姿勢」がなければ、何も始まらない。

学んだ分だけ、人生は面白くなる。

心の琴線に触れる歌、ありますか

随分前に観たロビン・ウィリアムス主演の映画『グッドモーニング、ベトナム』を、もう一度観てみようと思った。

あの映画の挿入曲、ルイ・アームストロングが歌う「この素晴らしき世界」が流れるシーンを無性に観たくなったのだ。

きっかけは音楽療法士・佐藤由美子さんのブログと、そこで見つけた佐藤さんの著書『ラストソング〜人生の最期に聴く音楽』（ポプラ社）だった。

佐藤さんは、アメリカの大学院の音楽科に留学中、音楽療法と出会った。

音楽療法とは、闘病中の患者に対して心身の健康の回復のために音楽を活用する治療法である。

意識がなくなり、目を開けることも話すことも困難になった人でも聴覚の機能だけは残っているという。

昔大好きだった音楽を聴かせることで、たとえば終末期の患者が誰にも言えなかったつらい気持ちを表現できるようになったり、長年精神的に病んでいた人が昔のことを思い出して、そこから回復に向かったりするのだそうだ。

2002年、音楽療法士になった佐藤さんはノースカロライナ州の、とある町のホスピスでインターンシップを始めた。

最初に担当したのはハーブさんという80代の男性だった。アルツハイマーの患者で、かなり記憶障害が進んでいた。

彼は昔ジャズシンガーであり、第二次大戦に参戦した退役軍人でもあった。

佐藤さんはハーブさんの前でギターを弾きながらいろんな曲を歌った。

彼が一番好んで聴いてくれたのが『この素晴らしき世界』だった。

それはこんな歌詞である。（訳・佐藤由美子さん）

緑の木々が見える　赤いバラも
君と僕のために咲いているんだ
なんてすばらしい世界なんだ
真っ青な空や白い雲が見える
輝かしい祝福の昼
そして暗く神聖な夜
心から思うよ
なんて素晴らしい世界なんだろう

ハーブさんの病状は日に日に悪化し、言葉すら出なくなっていった。それでも音楽を聴いている時だけ笑顔になり、拍手をし、わずかだが言葉も発した。

ハーブさんが亡くなってから数年後、佐藤さんは別のホスピスで終末期の男性のケアをしていた。妻のケリーさんも一緒に参加したセッションで、佐藤さんは『この素晴らしき世界』を歌った。

するとケリーさんがすすり泣きを始めた。

歌い終わった後、彼女は言った。「この歌を聴くとベトナム戦争を思い出すの」。

そして、映画『グッドモーニング、ベトナム』の話になった。

米軍の兵士向けラジオ局のＤＪである主人公が、『この素晴らしき世界』をかけるシーンがある。その時、こんな映像が流れる。

夜明け前の薄暗い街の中を何台ものジープが走る。

路上には家を失ったベトナム人がまだぐっすり寝ている。

軍人たちが次々に輸送機に乗り込んでいく。

やがて夜が明け、のどかな田園風景が広がる。

ベトナム人が農作業をしている。子どもが川で体を洗っている。次の瞬間、何発もの爆弾が落とされ、たちまち村は炎に包まれる。泣きじゃくる幼児がいる。燃えさかる建物から次々に子どもを抱いて出てくる人たちがいる。

そんな凄惨な映像をバックに、「ルイ・アームストロングの『素晴らしき世界』が流れるのである」。佐藤さんは、退役軍人だったハーブさんのことを思い出した。

「悲惨な戦争を経験した彼にとって、この曲には特別な意味があったのかもしれない」

そして佐藤さんのブログはこう続いていた。

「普段当たり前だと思っていることが、一番美しく、かけがえのないものであることを（この歌は）教えてくれる」

心の琴線に触れる歌を持っているというのは、ある意味、幸せなことだ。あなたにとってそれはどんな曲ですか？。

ケーキ食べ思いを馳せる江戸時代

12月になると急にショッピングモールやデパートにジングルベルが流れ始める。クリスマス商戦である。

クリスマスの本当の意味は全然違うところにあるのだが、日本人はクリスマスの真意など深く考えもせず、欧米社会にとって「特別なその日」を別の意味で「特別な日」にしてしまった。

子どもらはケーキを食べてプレゼントをもらう日、カップルは恋人と素敵な夜を過ごす日、それ以外の人たちもとりあえずケーキを食べる日だ。

面白いのは、それらの行事を「特別なその日」の前夜に済ませてしまい、肝心要の「その日」を普通に過ごしているところだ。

もちろん「その日」とは12月25日、キリストの生誕日である。

日本にキリスト教が伝来して５００年近くなるが、宗教としてのキリスト教はあまり根付いていない。

「昔から日本にはキリスト教と似たような思想があったからだ」と文筆家の執行草舟さんは言う。キリスト教と似たような思想、それは「武士道」だ。

意外な組み合わせだが、両者とも「大義のために生き、大義のためなら命を捧げることを厭わない。大義のために死することを無常の幸福」と考える。

これを執行さんは「垂直を仰ぐ憧れの思想」と呼ぶ。

武士が刀を抜くのは大義のためのみに許された行為だった。だから刀は武士の魂だった。

一方、キリスト教は殉教の歴史を潜り抜けてきた。神の教えを広めることは自分の命を捧げてもいいと思えるほど尊いことだった。

己の命以上の価値あるものを両者は見出していた。

執行さんは著書『憧れの思想』の序文でこう述べている。

「我々人間は、憧れに向かう生き方がなければ人間としての生を全うすることはできない。憧れに向かう時、我々は初めて真の人間と成る。過酷だが、それは我々の生命に奥底から湧き上がる幸福をもたらす」と。

「真剣に生きる」とか「命がけで生きる」ということは「垂直を仰ぐ強い憧れ」を胸に抱いているからこそできるのだろう。

「死」は両者にとって大きな命題である。

武士の生き方を記した『葉隠《はがくれ》』という書物には「武士道とは死ぬことと見つけたり」とある。

この一文が曲解され、武士道は「野蛮」で「暴力的」というイメージに塗り固められた。

しかし、あるフランスの哲学者はこの武士道精神を「運命への愛」と呼んだ。

「何のために生き、何のために死ぬのか」という、「垂直を仰ぐ強い憧れ」を持っていれば、たとえ不遇な死に直面しようとも嬉々として受け入れられるというのである。

だから武士道もキリスト教も「生」への執着がない。

もう一つ、「憧れの思想」を語る上で欠かせない命題は「忍ぶ恋」だと執行さんは言う。武士道の場合、それを見事に体現しているのが藤沢周平の小説『蝉しぐれ』である。

東北の小さな藩に仕える文四郎と、彼の家の隣に住むふくは子どもの頃から互いに思慕の念を抱いていた。ところが、年頃になったふくはその美貌ゆえに藩主の側室に召し上げられる。

やがて藩主のお世継ぎを巡る政変に巻き込まれ、ふくとその子の命が狙われる。文四郎は絶対に結ばれないと分かっているのに命をかけてふくを守り抜く。

「忍ぶ恋」は武士道の究極のロマンティシズムなのだ。

江戸時代を象徴する武士道は、明治維新の時に否定され、戦後も野蛮なイメージを引きずってきた。

しかし、264年もの長きにわたって争いのない時代がほかにあっただろうか。

日本人が最も日本人らしく振る舞う年末年始に、もう一歩深く踏み込んであの時代に思いを馳せてみたいものだ。

意外や意外、現代人を魅了して余りあるものが見つかるかもしれない。

見切り発車で面白くなる、強くなる

日本講演新聞（旧みやざき中央新聞）にかつて皇族の方が登場したことがある。昭和天皇の末弟・三笠宮崇仁《みかさのみやたかひと》親王を祖父に持ち、「髭の殿下」の愛称で知られていた寛《とも》仁《ひと》親王を父に持つ、彬子《あきこ》女王殿下、その人である。

彬子女王は、京都産業大学主催の講演会でお話しされた。

イギリス留学で苦労した話や、今上天皇ご一家と共に新年の一般参賀に参列した時に感じたこと、そして現在は子どもたちに日本の伝統文化を伝えるために立ち上げた一般社団法人「心游舎」の活動について話されていた。

実は、記事の中では紹介しなかったが、あの時の彬子女王の講演のタイトルがぶっ飛んでいた。

『石橋を適当にたたいて渡る』だった。

主催者側は、皇族の方が話す講演のタイトルとして「適当に」という言葉が入っているのはいかがなものかと少し心配していた。

実際、講演会のポスターがあちこちに張り出されると、彬子女王は複数の知人から「あのタイトル、大丈夫ですか？」と言われたそうだ。

それで彼女自身、「適当に」を付けたことに少し不安になられたが、その「適当さ」があったおかげで今日までの自分の人生は面白いものになってきたし、この「適当さ」は自分の個性であり、適切妥当なタイトルであると思い直された。

「石橋をたたいて渡る」とは、「壊れるはずのない頑丈な石の橋でも、念のためにたたいて安全性を確かめてから渡る」という意味で、「用心し過ぎるほど用心深い人、またはその様」を表すことわざだ。

時には慎重すぎる人や臆病な人に対して皮肉をこめて使う場合もある。

また、そこから派生して「用心に用心を重ねたのに結局実行しないこと」を「石橋をたたいても渡らない」といったり、「用心深くなりすぎたために失敗すること」を「石橋をたたいて壊す」といったりするそうだ。（『故事ことわざ辞典』）

さて、彬子女王の「石橋を適当にたたいて渡る」とは、全然たたかないわけではない。一応はたたく。でも、「ま、大丈夫でしょ」と思って渡る。その結果、うまくいくときもあれば、そうでないときもある。

たとえばこんなことがあった。

ある年、京都の夏を代表する風物詩「五山送り火《ござんのおくりび》」を近くで見ようと、彬子女王は山に登られた。

家を出る前に一応天気予報を調べたら大雨警報が出ていた。

それでも彼女は「でも、ま、大丈夫でしょ」と思って家を出られた。結果、予報通り大雨に遭い、ずぶ濡れになってしまわれた。


しかし、彼女はこう思われたのである。「いい思い出になった」と。

彬子女王は「やりたいことはとりあえずやってみる」タイプのようで、その行動の原動力は「面白がる」なのだそうだ。

「石橋をたたいて渡る」タイプの人には考えられないことだろうが、「面白そう」と思えたら、一応準備はするものの、半ば見切り発車的に行動してみる人の人生も、それなりに楽しいのではないか。

うまくいかないときもあるだろうが、いい思い出は「石橋をたたいても渡らない人」よりたくさんあるに違いない。

フランス文学者の鹿島茂さんが著書『進みながら強くなる』（集英社新書）の中で、「十分力を蓄えて強くなったと確信してから進もうと考えていたら、その時にはもう人生は終わっている」「多少見切り発車の感があっても、とにかくスタートを切ろう」「進むぞと決意して試行錯誤しているうちにいつの間にか力がついてくるものである」と語っている。

そして、それでもなかなかスタートが切れない人に便利な言い訳を紹介している。それが「〜なので仕方なく」である。「○○さんに無理強いされて仕方なくやりました」とか「その場の雰囲気で仕方なくやりました」など。

多くの場合、言い訳は「やらないため」に並べ立てるものだが、これは「やるため」の言い訳である。

面白そうだからやってみる。どんなことでも面白がってみる。すると「いい思い出」が積み重なっていく。そのために私たちは生きているのではないか。

心の時代に心を揺さぶる「粋だね」

全国八か所で永業塾を主宰している株式会社アイスブレイク代表の中村信仁さんから、先日こんな話を聞いた。

つい最近、とある駅から新幹線の指定席に乗り込むと、自分の席の隣にホストクラブのホストを思わせるような派手な身なりの若者が座っていた。

何となくその若者が気になり、しばらくして中村さんは「ステキなファッションですね。どんな仕事をされているんですか？」と声を掛けた。

若者は褒められて上機嫌になり、最近始めた新種のビジネスのことを話し始めた。そして通路を挟んで座っていた二人の先輩を、「あちらは月収500万で、こちらは月収300万なんです。すごい人たちなんです」と紹介した。

1時間ほど彼の話に付き合った中村さんは首を傾げた。どうも彼の話は終始一貫、「収入が高い人＝すごい人」という価値観で凝り固まっているように思えたのだ。

もちろんビジネスで成功することは素晴らしい。しかし、ビジネスでの成功を夢見る彼のギラギラした目は、かつて高度経済成長の時代、がむしゃらに働いてきた日本人の目の輝きとは全く違うと中村さんは感じたのである。

国全体が貧しかった時代は、「稼ぐこと」に価値があった。お金が増え、欲しいものが手に入ることに幸せを感じることができた。そのことが社会の繁栄にもつながった。

しかし、今の日本は違う。月に何百万も稼いでいることを自慢し、高級車を乗り回している人に、もう子どもたちは憧れなくなった。それは現代が「心の時代」だからだろう。確かにお金は大事だし必要だが、今人々がかっこいいと思うのは、心が揺さぶられるような粋な振る舞いや考え方、生き方ではないかと思う。

この「粋」という気質は江戸時代に生まれたものだ。江戸っ子にとって「粋だね」という言葉は最高のほめ言葉だった。金持ちにとっても長屋の住民らにとっても「粋」は彼らの美学でもあった。

そのひとつに「金離れのよさ」がある。「金離れがよい」とは、お金に執着しないこと。お金を出す時は喜んで出し、一度出ていったお金にとやかく言わない。

「金は天下の回り物」という言葉は、金離れのいい人たちによる循環型の経済社会を象徴している。だから時代劇では金を貯め込んでいるケチな商人は悪人として登場するわけだ。

『三方一両損』という落語は、金離れのいい江戸っ子の話である。

ある日、神田の左官職人・金太郎が町で三両もの大金が入った財布を拾う。現在のお金に換算すると約20万円ほど。中に「書付」があった。今でいう請求書のようなもので、それで落とし主が分かり、金太郎はわざわざ届けに行く。

ところが、落とし主の吉五郎は頑として受け取らない。「一旦懐から出たものは俺のものじゃない」という了見である。

吉五郎は財布を落としたことに気付いた時、「こんなめでたいことはない。さっぱりした。財布を探しに、来た道を戻るのは江戸っ子じゃねぇ」と、落としたことを祝って酒を飲んだという。

突き返された金太郎も「人様のお金を拾い、それをもらい受けて喜ぶのは江戸っ子じゃねぇ」と譲らず、挙句の果てにけんかになり、お互いを奉行所に訴える。

裁くのは大岡越前である。双方の主張を聴いた大岡越前は、三両を奉行所で引き取ることにした。そして自分の懐から一両を加えて四両にし、「二人の心意気への褒美だ」と言って、二両ずつ与える。

吉五郎は本来三両が戻ってきたのに二両になり、金太郎も三両をもらえたはずなのに二両、大岡越前は自分の一両をあげたことで、三者とも一両ずつ損をして、円満に解決した。これが「粋だね」である。

お金は粋な使い方をした時にその価値が発揮されるものだ。そして、そんな使い方をする人が本当にかっこいい人なのではないかと思う。

極楽へは地獄経由で行くらしい

栃木県益子町の西明寺というお寺に「笑い閻魔」がいる。あの地獄の大王で知られている怖い顔の閻魔様が笑っているのである。

びわ湖湖畔のホテルで行われた禅の合宿でその話を聞いた。講師は東洋思想家の境野勝悟先生だった。

もしあの世に極楽と地獄があり、死んだらどちらかに行かねばならない運命だとしたら、どちらに行きたいだろうか。やっぱり「極楽」だろう。

凄惨な戦場をよく「この世の地獄」と例えるように、あの世の地獄も阿鼻叫喚《あびきょうかん》の世界のようなイメージがある。地獄の入り口には閻魔大王がいて、人々は閻魔様に生前犯した様々な悪事を裁かれ、そして針の山や火の海に送られるのだ。

しかし、小さい頃からそう教えられてきた私たちは、地獄行きを免れるような生き方を日々しているだろうか。

「極楽なんていうところは一度も嘘をついたことがない真面目一筋に生きた人だけが行けるところ。あなたたちは全員地獄に行くんだよ」と境野先生は話されていた。そして、仏典の中にある「閻魔経」の話をされた。

ある日、一人の男が閻魔大王の前で「私は生前一度も嘘をついたことがありません」と、こう訴えた。だから自分は極楽に行く資格があるというのだ。

閻魔大王は耳を疑い、問い質した。

「一度も嘘をついたことがないとは本当か?」
「はい。私は一度も嘘をついたことはありません」

それを聞いて大王は大声で笑った。男は怪訝な顔をしてまた言った。「私は真面目に生きてきたのです。何がおかしいのですか?」と。大王は笑い転げながら言った。「おまえ、それじゃつまんない人生だっただろう」。これが「笑い閻魔」の逸話なのだそうだ。

人生は楽しまなきゃ意味がない。そのために人に迷惑を掛け過ぎてはいけないが、少しくらい嘘をついたり、悪事を働いたりしながら、上手に世渡りをしていくところに楽しい人生の妙味がある。

「そのことで地獄に行ったとしても大丈夫」と境野先生は言うのである。なぜなら地獄には閻魔大王がいるから。

閻魔大王の本当の役割は、地獄に来た人たちの悪いところを治して極楽に送ることなのだそうだ。「針の山」とは鍼をさして治療し、「火の海」とはお灸をすえて治療するという例えらしい。

閻魔大王の決意はすごい。「最後の一人まで救う。それまで自分は地獄を離れない」。その決意があの怖い形相である。そして「閻魔大王は地蔵菩薩の化身である」といわれるゆえんである。誰よりも慈悲深いお方だったのだ。

でも、このことがまかり通ってしまうと、人間は調子に乗ってどんどん悪さをするだろう。度が過ぎる悪事を働いて家族を不幸にしたり、自分までも不幸にならないように、いつからか昔の人は「悪いことをすると地獄に堕ち、そこで恐ろしい閻魔様の裁きを受ける」という部分だけを強調して伝えたに違いない。その結果、「死」がとてつもなく恐ろしいものになってしまった。

ただ、何かのご縁で仏の教えに触れた人たちだけが、地獄と閻魔様の真実を知ってホッとする。「安心して死になさい。地獄には閻魔様がいるから大丈夫。すべてを受け止めてくれる。死後のことは心配しなくていい」というメッセージである。

要は、「地獄の話も閻魔様の話も方便なんだ」と境野先生。

「一日一日を楽しんで生きるために」と同時に、「安心して死んでいけるために」

その境地を禅の考え方で言うと、「この世にいいも悪いもない」である。大方、世の中は夫婦関係から国際関係に至るまで「いい・悪い」の価値観を押し付け合って不幸になっている。

閻魔様の前に行った時、「そんなつまんないことで争って、人生の貴重な時間を費やしていたのか」と笑われないように、今日から「いい・悪い」を越えていこう。

どうしても日本人の内面を知りたかった

２０１６年は夏季五輪の年だった。

地球の裏側のリオ・デ・ジャネイロから興奮冷めやらぬレポートが届いていた最中、日本では大変な騒ぎが起きた。

「生前退位」を示唆する天皇陛下のビデオメッセージが公開されたのだ。

「次第に進む身体の衰えを考慮する時、全身全霊で象徴の務めを果たしていくことが難しくなるのではないかと案じています」というお言葉に、果たしてどれほどの日本人が涙したことだろうか。

淡々と語られる陛下のお言葉の奥にある心象風景に思いを馳せ、涙を流したアメリカ人がいた。

生涯を懸けて日本人以上に日本のことを考え、日本文学を研究し、その成果を世界に発信してきた93歳のドナルド・キーンさんである。

陛下が皇太子時代から会食を共にしたり、音楽会に招かれたりと、個人的に親しく接してこられたキーンさん。

東日本大震災の直後、多くの外国人が自国に帰ってしまった時、「私は日本に居続ける。日本人と共に生きたい」と宣言して、日本国籍を取得し、「鬼怒鳴門（キーン・ドナルド）」と名乗ったキーンさん。

今や世界の隅々にまで日本文化や日本文学の素晴らしさに魅了された人たちがいる。

もし戦後の日本にドナルド・キーンという1人の日本文学研究者がいなかったら、それはあり得なかっただろう。

もちろん川端康成のノーベル文学賞の受賞もなかったに違いない。

18歳の時、ニューヨークの書店で『ザ・テール・オブ・ゲンジ』という本を偶然手にした。英訳された『源氏物語』だった。

キーンさんはその美しい世界にたちまち魅了された。

1948年、キーンさんは日本文学を研究するため、日本以上に日本の文献を所蔵しているイギリスのケンブリッジ大学に留学していた。そこで「日本の文化など中国の猿まねだ」と周囲の研究者から散々馬鹿にされた。

その悔しさをバネに、その後、京都大学に留学したキーンさんは何かに憑りつかれたように日本文学を英訳し始めた。

「どれも世界に羽ばたくべき価値のあるものだ」と、アメリカの出版社に売り込んだ。キーンさんの翻訳本は思いのほか欧米で多くの反響を呼んだ。

「日本人とは一体何者なのか」、そんな思いをキーンさんに抱かせたのは、『源氏物語』と、先の戦争でアメリカと戦った日本兵だった。

太平洋戦争が勃発した時、キーンさんは海軍に入隊した。最初に派遣されたのは激戦の島・アッツ島だった。2500人の日本兵全員が玉砕した島である。

その島で20歳のキーンさんが見た光景は、自分の胸に手りゅう弾を当てて自決したおびただしい数の日本兵の死骸だった。

「なぜこんなことができるのか」、キーンさんは愕然とした。

さらに驚愕したのはその数か月後のこと。軍事施設内で日本兵の遺品を整理していたキーンさんは、段ボールいっぱいの「従軍手帖」を見つけた。

日本兵は軍から支給された手帖に日々の出来事を書きこんでいた。

そこに1月1日のことがこう書かれてあった。

「戦地で迎えた正月。13粒の豆を7人で分け、ささやかに祝った」

あの美しい『源氏物語』を生んだ日本、手りゅう弾で自決した日本人、そして13粒の豆を7人で分けて正月を祝った日本人。

キーンさんはどうしても日本人の、その内面を知りたくてたまらなくなった。

それから70年の月日が流れた。日本の専門家以上に日本文学の第一人者になった。

「あいまいさ」こそ日本的であり、それは「余情」であることを知った。

「はかなさ」とは「散ることの潔《いさぎよ》さ」であることも知った。

日本人の礼儀正しさとは言葉、即ち敬語に表れていることも知った。生活のあらゆるところに「美」があること、それが日本文化の誇りだとキーンさんは言う。

そして、自分たちの伝統と文化に興味を持っていないことが日本人の最大の弱点だと、残念がるキーンさんだった。

美しいものに触れる時間を増やそう

「この世は美しいものでいっぱいなので、醜いものを見るひまはない」とは、文豪・武者小路実篤の言葉である。

正確に言うと、実篤の短編小説『馬鹿一』の主人公の言葉なのだが、その馬鹿一はまたこうも言っている。

「人間の頭は一時に二つのことは考えられない。美しいものを見ている時、醜いものは考えられないものである」と。

馬鹿一は画家であり、詩人なのだが、詩集を出すわけでもなく、絵が売れるわけでもない。当人はそんなことを全く気にしていないので、質の悪い連中が彼を本名ではなく「馬鹿一」と呼んで、小馬鹿にしているのである。

ある男は、道端の雑草を引っこ抜き彼のところに持ってきて言う。「この草があんまり美しいので君が喜ぶと思って取ってきてやったぞ」と。

すると馬鹿一は「それはありがとう。僕は今までにこの草を何度も見たが、まだこの草の美しさを十分知ることができなかった。君のおかげで知ることができるのはありがたい」と礼を述べ、花瓶にさしてしばらく眺めた後でこう言う。

「なかなかこの美を見つけるのは難しい。よく君に見つかったね」

別の男は道端の石ころを一つ拾い、お土産に持っていく。いくら馬鹿一でもこの石を見たら嫌な顔をするだろうと期待する。しかし馬鹿一は貴重品でも受け取るかのように手に取ると、いろんな角度から眺めた後、こんな詩を書いた。

「お前は道ばたに落ちていて
詩人の所にゆきたいと願っていた
すると一人の男がきて
お前の無言のことばを聞いた
そしてお前を拾って
詩人の所に持ってきた…
お前はついに詩人の所にきた
お前はついに安住の地を得た
千年経つとお前は宝石に化するであろう」

ある日、1人の男が草や石ころばかり描いている馬鹿一に言う。「こんなものばかり描いて、よく飽きないね」と。すると馬鹿一はこう返した。「君は飽きるほど見たことがあるのか。見ない前に飽きているんじゃないか。よく見たことがないから同じに見えてそこに千変万化がある、おもしろさがわからないのだ」

ここまで来ると馬鹿一はもはや馬鹿なお人よしではなく、自分の理想と信念を貫く芸術家と言えるだろう。しかし彼は誰からも評価されず、その小説は終わる。

実篤の別の作品『真理先生』という長編小説に馬鹿一が登場する。真理先生は誰からも尊敬され、慕われている立派な人なのだが、弟子の1人が「馬鹿一の絵を先生が見たら何と言うだろう」と思い、彼を先生宅に連れていくのだ。

真理先生は馬鹿一の絵の真意を一発で見抜く。「石や草に対してこれほどまでに愛情と尊敬が感じられる絵を見たことがない」と。初めて絵を評価された馬鹿一は涙を流して喜ぶのであった。

「馬鹿一」も「真理先生」も実篤自身の投影なのだろう。実篤の小説には悪意のある人が出てこない。それほど彼は美しいものを見ることに人生を費やしたのだ。

１９１８年、33歳の実篤は、人間らしく生きる自他共生の理想を掲げて宮崎県木城町の山中に仲間十数人と「新しき村」をつくって移住した。

20年後、国策によるダム建設が始まり、「村」の一部が水没するというので、わずかな「村人」を残して、多くは埼玉県毛呂山町に転居し、それからずっと実篤の志を受けついだ人たちが、木城町と毛呂山町、それぞれの「新しき村」で今も生活している。今年で開村１００年になる。

暴力や殺人、不正や裏切り、暗い世相を反映した作品が多数ある昨今、馬鹿みたいに理想と信念を貫く善人と、そんな生き様をきちんと評価する美しい人間模様を描く作品に触れることが、めっぽう少なくなった。

人は一時に相反する二つのことは考えられないというのなら、美しいものを見たり触れたりすることにもっと時間を使ったほうがいい。

人生は命の使い道を見つける旅

講演で北海道北見市を訪れた。

会場の箱カフェ「まんまる茶茶」に早めに着いたので、しばらく近所を散策した。

その時、見つけたのが洋風の建物「ピアソン記念館」だった。

ピアソンは、明治時代に日本に来たアメリカ人宣教師で、北海道を転々とし、大正3年に北見市に辿り着いている。

記念館には、その建物を設計したヴォーリズという建築家の資料も展示されていた。

ウイリアム・メレル・ヴォーリズは、大正から昭和にかけて日本各地の教会やミッション系の学校校舎の建築を手掛けたアメリカ人だ。

資料室にあった岩原侑《すすむ》著『青い目の近江商人』を読んでいるうちに、目が離せなくなった。

時代は終戦直後。昭和天皇とマッカーサー元帥のあの有名な歴史的会談の背景に、このアメリカ人が関わっていた。

昭和20年9月7日、近衛文磨元首相の密使が、長野県軽井沢にあるヴォーリズ宅を訪れた。「国家再建のための政治的ご奉公」という文書を携えていた。

内容は、「近衛元首相が天皇のことについてマッカーサーと会談したい。その場を取り持ってほしい」ということ。

もう一つは「マッカーサーが喜んで受け入れるであろう天皇の単純明快な一言を含む詔勅、または宣言の構想を考えること」だった。

その頃、連合国は敗戦国・日本の分割統治を企んでいた。

北海道はソ連、九州・四国は中国、関西地区はイギリスが統治を主張していた。その前提にあったのが天皇を軍事裁判に引きずり出し、処刑することだった。

マッカーサーは分割統治には反対していたが、いずれにせよ日本の行く末に暗雲が立ち込めていた。

ヴォーリズは、元首相の密使に「死んでもよいご用」と答えた。

65歳の時だった。

9月10日、ヴォーリズは横浜に駐留していたマッカーサーの側近、サムエル・バーレット将軍を訪ねた。宣教師の息子で、日本生まれの彼はヴォーリズと旧知の仲だった。

ヴォーリズは近衛元首相とマッカーサーの非公式な会談を申し入れた。

その夜、ヴォーリズはホテルの一室で「マッカーサーが喜んで受け入れるであろう天皇の単純明快な一言を含む詔勅の構想」を一晩中、考えた。

翌日、近衛元首相を訪ね、その構想を伝えた。数日後、元首相はその構想を手土産にマッカーサーと会った。

「その手土産」とは、後に「天皇の人間宣言」と呼ばれるものだった。

「キリスト教徒であるマッカーサーが喜んで受け入れるであろう天皇の単純明快な詔勅は、天皇自らが国民に向かって、自分は現人神ではないと宣言すること以外にない」と、同じキリスト教徒であったヴォーリズは考えたのだ。

後に、評論家の上坂冬子さんは昭和61年5月号の『中央公論』に「天皇を守ったアメリカ人」というタイトルでこう記している。

「ヴォーリズ師が『死んでもよいご用』と言っている通り、彼は身を挺して天皇を庇う役を果たしたといえるだろう」

天皇とマッカーサーの会談が決まると、ヴォーリズは「お膳立ては終わった。すべては神のお導きに支配されて動いているように思う」と日記に書いた。

「死んでもよいご用」と、元首相の文書を携えて進駐軍本部に向かったヴォーリズの姿は、慶応4年、新政府軍の江戸総攻撃を回避させるため、勝海舟の手紙を握りしめて駿府（現静岡市）滞在中の西郷隆盛に会いに行った山岡鉄舟の姿と重なる。

あの歴史的な江戸無血開城の背景には、西郷に勝との会談を迫る鉄舟の命懸けの交渉があったのだ。

歴史を動かし、歴史に名を残す人がいる。その人たちに共通して垣間見える心の姿勢は「死んでもいい」と思えるほどの命の使い道を持っていたということだろう。

そう思える「使命」を見つけた人、一度でもそう思えるものに出会った人は、この上なく幸せな人である。

感性を磨きながら歳をとっていく

タレントの武田鉄矢さんがラジオでこんな話をしていた。

昭和を振り返る歌謡番組などで50代60代の歌手が集まると、「こいつ老けたなぁ」と思う人がいる。中には歌っている姿に痛々しさを感じる人もいたりする。

そうかと思えば「こいつ全然変わらないなぁ」と思える人もいる。「60代になるとその差が出ますね」と。

役者であれば、「老い」や「老け」は演技に「味」を添えるが、歌手の場合、立ち姿や表情に聴衆の視線が注がれるので「老い」や「老け」はどうしてもマイナスイメージに傾いてしまうのだそうだ。

そしてしみじみこう語っていた。

「老いをわが身に引き寄せていくことの、人それぞれの違いというか、年齢の背負い方の違いを見ると、上手に歳をとっていくことの難しさを感じますね」

途中で死なない限り人は老いていく。ならば下手に歳をとっていくより上手に歳をとっていくほうがいいに決まっている。

ただ「上手に歳をとることが難しい」というのは、歳を取ることの「上手」と「下手」の違いが分からないからかもしれない。

それが分かれば、「上手に」を目指して歳をとっていくことができるのではないか。

「下手に歳をとる」ということに最もふさわしい言葉はやはり「みっともなく」だろう。

確かに体力は減退し、外見は老けるけれども、それがみっともないのではない。

歳とともに自己主張ばかりして人の話を聞かなくなるとか、注意されるとすぐ不機嫌になるとか、関心事が世の中のことより自分のことにばかり向かっていたりする様がみっともないのだ。

文筆家の執行草舟さんが『耆に学ぶ』（ＨＳ）の中でこんなことを語っている。

「昔の日本人が恥ずかしくてやらなかったことを今は堂々とやる。特に目に余るのが老人です。…自分の健康と長寿のことばかり気にかけている人が多すぎる」

「いい歳をして自己の幸福ばかり追求するなんて嘆かわしい。若者の未来の幸福を願うのが本来の老人です」

「なぜ日本人が恥を知らなくなったのか、それは戦後の文明のあり方に原因がある」と。

その本のタイトルにある「耆《ろう》」とは、「知恵があり、徳の高い老人」という意味だ。

「耆宿《きしゅく》」といえば経験豊かで学識のある老人のこと。

「耆旧《ききゅう》」は皆から慕われている老人。

「耆老《きろう》」は周囲の人から尊敬されている老人を意味する。

『耆に学ぶ』では５人の識者が「老い」について語っている。

たとえば、本のソムリエで知られる清水克衛さんは言う。

「戦前は日本の文化が徳の高いお年寄りを育てていた」

年配者は皆神仏に手を合わせていた。その頃は神話が身近にあり、自分のことより世の中のことに労苦を惜しまない公的精神があった。

いつも近所には悪ガキを叱る人がいた。そして国を想う心があった。

「これらが戦後教育でメチャクチャになりました」と。

こんなわけで上手に歳をとっていくことが難しい世の中になった。そこで清水さんがおすすめしているのが「感性を磨く」ということだ。

たとえば、「『桜』というテーマで何か語ってください」と言われると、感性の貧しい人は、ネット検索して「桜」に関する知識を集め説明を始めるが、感性豊かな人は「桜」にまつわる思い出を語り出す。

歳をとればとるほど、思い出はその時々の出会いや風景と相俟（あいま）って濃厚になる。

体のいろんなところが減退していく中で、感性だけは歳を重ねた分だけ磨かれていく。

上手に年をとりたいと思ったら、それを磨かないでいいはずがない。

そのための最も身近な方法は「感性の読書」なのだそうだ。

だから「本の読み方を変えましょう」と呼びかける。

知識を得るためではなく、著者の思いや経験に寄り添い、その本質を掴んで肝に落とし込む。

それが「感性の読書」。

上手に歳をとるということは、上手に歳をとろうと一歩踏み出した人にしか手に入れられないものである。

一生忘れない恩は次の世代に送る

「ありがとう」は、人から受けた好意に対して感謝の気持ちを表す言葉である。

語源は「有り難し」。「有ることが難しいこと」、すなわち滅多にないことだから感謝の気持ちが湧いてくる。

しかし、感謝の気持ちは「ありがとう」という言葉を言うことで完結してしまうことが多い。この言葉でお返しが成立してしまうのだ。

ところが、人生にはお礼の言葉を言うだけでは収まりがつかない気持ちがある。「あなたから受けた恩は一生忘れません」という場合の「恩」である。言葉では言い表せないので、自然とそれは行為になる。それが「恩返し」や「恩送り」というものだ。

「恩返し」は、受けた恩を直接その人に返すことで決着するが、「恩送り」は受けた恩を別の人に施す。その行為が回りまわって世の中をよくしていく。

先日、倫理法人会が主催する朝6時からのモーニングセミナーで聞いた話がそうだった。

宮城県登米市にある「若鮨」というお寿司屋さんでは、家族や友人などまとまった人数のお客さんが来店すると個室に通される。部屋には寿司職人がいて、客の注文を受けてその場で握ってくれる。カウンター席同様、臨場感を大切にしたいという、創業者・伊藤俊郎会長（68）のこだわりだ。

伊藤さんは中学卒業後、都会の寿司屋に修業に出た。家が貧しかったので弟や妹を高校に進学させるため、給料を全額実家に仕送りしていた。8割でもなく9割でもなく、全額である。伊藤さんはお金を一切使わない生活をしていたのだ。

修業は住み込みなので食費も家賃も要らない。また、どこにも出掛けないので新しい服を買う必要もない。お金を使うとすれば大概友だちとの付き合いだから、伊藤さんは付き合いを極力断ち切り、休みの日も寿司を握り腕を磨いた。

職場の先輩は、そんな彼を時々遊びに連れ出し、ご馳走してあげていた。

その後、伊藤さんは24歳で独立できる「腕」になり、故郷に帰って店を出した。

ある日、知人が息子さんと来店した。成人しているのに定職に就かずブラブラしているという。かつて少年院に入っていた子だった。

伊藤さんはその子に「いつでも店に来ていいぞ。飯を食わせてやる」と言った。

若者は、毎日のように店に来てはタダ飯を食った。その間、伊藤さんは人生のよもやま話をした。ただ「いい加減、働け」とは絶対に言わなかった。

しばらくすると、若者は自分で仕事を見つけ、「若鮨」を巣立っていった。

その話が口コミで広がり、親御さんから「うちの子の面倒もみてくれ」と頼まれることが多くなった。どんな子にも伊藤さんはタダで寿司を食べさせた。

そしてしばらくすると、若者たちは皆、自分の中にしまってある「翼」をゆっくり広げて、社会に羽ばたいていくのだった。

伊藤さんは言う。「自分も若い頃、先輩にいつもおごってもらっていました。だから、今度は自分が若い人を大事にしたいと思っているんです」

タダ飯を食っていた若者の中には、伊藤さんのお店で働き始めた子もいる。

世間に迷惑を掛け、後ろ指を指されるようなことをしてきた子だが、働き始めるとそんな「陰」はもうどこにもない。

「目的や使命を持ったら人相も変わるし、言葉も変わるんですよ」と伊藤さんは言う。

彼の流儀は「近頃の若者は…」などとは絶対に言わないことだそうだ。

若者を無条件に大切にする。それは伊藤さん自身が、「若い頃に受けた恩を一生忘れない」と心に誓ったからだろう。

いろいろ綻びもあるけれど、曲がりなりにもこの日本がこんないい国になったのは、きっと無数の先人たちが、誰かから受けた恩を次の世代に送るという、「恩送り」をやってきたからではないだろうか。

成熟した少年少女よ、大志を抱け！

政府が「人生100年時代構想会議」を発足させた。

本格的に「人生100年時代」がやってきた。30年ほど前、100歳以上の日本の人口は約3000人だった。

それが今や約7万人だ。国立社会保障・人口問題研究所によると、2025年には13万人を上回るという。

今定年退職を迎える人はあと40年である。80歳を過ぎて「そろそろ終活を…」などと言っている人でもまだ20年残っている。

さて、どうする？

ヒューマンスキル研究所代表の田中真澄さんは40年も前から「人生100年時代、『余生』という発想を捨て終身現役を目指そう」と訴えていた。

当時は60歳まで必死に働いて、定年後は趣味や孫の世話をして過ごすのが一般的だったが、そんな時代に田中さんは、大手企業の管理職を43歳で辞めて独立。

以来、「人生100年時代は終身現役で」をテーマに講演活動をしてきた。

現在80歳を超えられたが、かつての同僚たちがのんびり老後を過ごしている中、ただ1人、精力的に全国を飛び回っている。

江戸時代に「隠居」という文化があった。

「隠居」といえば、現役を退いて社会から遠のくイメージがあるが、当時の「隠居」はそんなものではなかった。世のため、家族のために一生懸命働いた後は本当にやりたかったこと、大好きなことのために身を捧げる、それが隠居生活だった。

江戸時代に詳しい法政大学前総長の田中優子さんは「隠居は江戸庶民の憧れのステータスでした。見事な隠居生活をした人の代表は伊能忠敬です」とあるラジオ番組で語っていた。

17歳で豪商の家に婿入りした忠敬は、ひたすら仕事に精を出しその家の資産を10倍にした。その後、50歳で隠居し、大好きだった天文学を学ぶため江戸に出て、天文学者・高橋至時（よしとき）に弟子入りする。

そして74歳で亡くなるまで日本地図の制作に生涯を捧げた。

井原西鶴や松尾芭蕉も、現代の俳壇に多大な影響を与えるほどの作品を残したのは30代で隠居した後なのだそうだ。

コラムニストの天野祐吉さん（故人）は対談本『隠居大学』の中でいろんな隠居の達人を紹介している。

70歳で「隠居宣言」をしたデザイナーの横尾忠則さん。

「隠居後はやりたいことだけをする」と決めた。仕事を請けないので時間が余った。小説を書いたら「泉鏡花文学賞」を受賞した。しかし、「作家」という肩書きは付けない。付けると文壇に入ったり、作品が売れるかどうか気になるから。

「歌川広重も隠居後に画家として本格的に活動を始めた。絵が売れるかなんて考えていない。思いの世界で遊んでいたんです。それはもう命懸けです。絵を描きながら死んでもいいと思っている。これは最高の境地です」と言う。


お茶の水女子大学名誉教授の外山滋比古《とやましげひこ》さんは「定年退職したら隠居できると思っている人がいるが、隠居はそう簡単なものじゃない。自分も一度失敗した」と語っている。

退職後、収入がなくなることへの不安から別の大学に勤めに出た。仕事が何となく面白くない。途中でお金のために仕事をしていることに気付き6年で辞めた。

定年後、また同じような仕事をすることを外山さんは「人生の二期作」と呼んでいる。二期作とは同じ耕地で同じ作物を二度作ること。

そして「人生は二毛作がいい」と言う。同じ耕地で季節ごとに種類の違う作物を作ることだ。「人生の二毛作は余程の志がなければできない」と。

詩人の谷川俊太郎さんの言葉にもハッとした。

「隠居して好きなことだけをするという生き方が周りの人に受け入れられるのは、現役の時にそれだけの働きをしてきたからこそです」

「遊んで暮らせるに十分なお金があるから隠居するんじゃない。歌を詠んだり、落語を始めてもいい。お金がないと遊べないというのは遊び貧乏です」と天野さん。

人は乳児から幼児、そして少年少女となり青年を経て大人になる。

晩年にはまた乳幼児のようにおむつをしたり食べさせてもらったりする。

ならばその一つ手前で再び少年少女に戻ればいい。

「子どもの頃は楽しくなかった、つらかった」という人もいるだろう。貧しかったり、いじめられたり、虐待があったりして…。

大人を経た後はまた少年少女に戻って、今度は思いっきり楽しもう。それが隠居生活のダイナミズム、底力だ。

成熟した少年少女たちの豊かな想像力、恐れを知らない好奇心、積極的な行動力は、この国に新たな文化をもたらすに違いない。

第三章

「見る目」を養うために学び続ける

講演で山形県の酒田市を訪れた。

酒田市ってどんなところだろうと、行く前にインターネットで調べていたら、「庄内刺し子」という言葉に目が留まった。

以前取材した放送作家の永六輔さんが、「いつも私は『刺し子』の半纏《はんてん》を着ています」と言っていたのを思い出した。

「刺し子」というのは伝統的な縫製の手法である。縫製といっても「縫う」のではない。「縫う」というのは針を横に進めていくが、「刺し子」は刺繍のように針を90度に刺していく。

今、「刺し子」は糸も布もカラフルな色の手芸品として市販されているが、元々は貧しい農民の暮らしの知恵から生まれたものだった。

農作業のときに着る薄い藍木綿の野良着に別の木綿の布を重ねて補強した。重ね方も夏のものは風が通るように、冬のものは保温の効果が上がるように工夫されていた。

その歴史は飛鳥時代にまで遡り、山形県の「庄内刺し子」は、青森県の「こぎん刺し」「菱刺し《ひしざ》」と並んで、「日本三大刺し子」だという。

さて、話は飛ぶ。1933年（昭和8）年、ドイツでヒトラーが政権を握るや否や、ユダヤ系の優れた科学者や芸術家は国外に亡命した。行き先は主にアメリカだったが、建築家ブルーノ・タウトは日本に亡命した。

当時、建築業界でタウトの名を知らぬ者はいなかった。

その世界的な建築家を業界関係者は歓迎したが、やがて日本とドイツが接近するようになると、ドイツ人のタウトは日本政府にとって好ましくない存在になった。

そこで建築家の仲間はタウトを群馬県高崎市の達磨寺境内にある「洗心亭」にかくまった。

日本滞在中、タウトは古い建造物を見て回った。最も彼を感動させたものは京都にある「桂離宮」だった。

「泣きたくなるほど美しい」というタウトの言葉が残っている。

それまで桂離宮は、国内では文化財として保存されてはいたが、「古いお屋敷」くらいの認識だった。ところが、それが優れた建築技法と職人の芸術的な美的感性で造られていることをタウトは見抜いた。

戦後、そのことを本に書き、欧米に紹介したことで、桂離宮は世界に冠たる建築物になった。

そのタウトが、桂離宮と同じくらい感動したのが東北地方の「刺し子」だった。

農村を歩きながらタウトは驚いた。農婦たちが農作業をするときに着ている野良着が、芸術品に近いものだと彼は感じたのである。

「これだけのものを作るとすればデザイナーがデザインし、職人が仕立てるものだが、農家の主婦たちが自分の着るものを当たり前のように自分で作っていて、しかも縫い目の細かいところにまで美的感性が見て取れる。なんて美しいんだ」と。

後に、東北の「刺し子」は、民俗学者・田中忠三郎によって見い出され、1966年に国の重要有形民俗文化財に指定される。

しかしその30年以上も前に、「刺し子」の芸術性は1人の外国人によって発見されていたのだ。

永六輔さんは言う。

「農業は米を作る。野菜を作る。それだけではない。その周辺にある竹で編んだ籠、ざる、薄板で作った桶、野良着、全部自分たちで作っていた。その一つひとつに熟練された技術と美的感性があった。鍬《くわ》や鋤《すき》や鎌も野鍛冶職人の技があった。農業はそういうものと共に代々受け継がれ、この国の食料を支えてきた」

「見る目」という日本語独特の言葉がある。
「見る目がある」「見る目がない」という使い方をする。
「物事の真偽、優劣を見極める眼力・眼識」という意味である。

我々が学び続けていかなければならないのは、この「見る目」を養うためではなかろうか。できるだけ本物に触れたほうがいいというのも、そのためだろう。
「見る目」がなければ、大切なものの周辺にある環境や文化や精神を見落としてしまうのだから。

生きなきゃ生かせない資源がある

20年ほど前、日本には年間3万人を超える自殺者がいた。

宮崎県の自殺率も高く、特に男性のそれは全国ワースト5以内に入っていた。

何かできることはないだろうかと、仲間と自殺ゼロを目指すNPOを立ち上げたことがあった。

近年、自殺者の数は確実に減少している。あの頃は1日に約90人が自ら命を絶っていたが、今は約50人ほどだ。

本当はこれが限りなくゼロに近い社会であってほしい。

出自で人生が決まっていた人権なき時代、生きたくても生きられなかった戦争の時代、食べることさえ困難だった貧しい時代、そんな時代をくぐり抜け、やっと自由と平和と豊かさを手に入れたのだ。ここで命を絶ってどうする?

少し見方を変えれば苦しい現実を乗り越える術《すべ》はいくらでもあるはずだ。朱川湊人の短編小説『蒼い岸辺にて』もきっとその一助になると思う。

この話の主人公は、生きていくことがつらくて自分の部屋で睡眠薬を大量に飲み、自殺を図った20歳の女である。

気が付くと目の前に大きな川があった。そこに口の悪い男がいた。

「今から向こう岸に連れていくので舟に乗れ」と言う。ところが、やってきたその女をじっと見て、男は嫌な顔をする。

「なんだおまえ、寿命前か。厄介なのが来たな」と。

厄介な理由とはこういうことだ。

亡くなった人は皆、この岸辺で「魂離《たまばな》れ」をする。

寿命で亡くなると、焦げつかないフライパンで目玉焼きを作ったみたいに魂がきれいに体から離れ、川を渡って向こう岸に行ける。

しかし寿命前に自ら命を返した人は鉄のフライパンで油もひかずに目玉焼きを作ったようなもの。魂が体にへばりついてなかなか離れない。

船頭役の男は、魂が体から離れるまで待たなければならないのだ。

「じゃあ、待っている間に『未来ゴミ』を捨てておくか」と言って男は大きな袋を女に見せ、中から卵のような形をしたものを取り出した。

「何なの？」と聞く女に男は「これはおまえがこれから掴むはずだった未来だ。しかし、自分の都合で命を返した奴にとってはそういう未来が全部ゴミになるからこれから処分するんだ」と言って、川に投げ込んでいく。

男は少し意地悪に「これは何だと思う?」と言って、「未来ゴミ」の中身を教える。

「これは高校時代の同級生・×山○子との友情だ。もし生きていたら2か月後に偶然街角で彼女と再会し、意気投合して、それ以来、生涯の親友となるはずだったが、おまえが死んだのでその未来がなくなった」、そう言って川に投げ込んだ。

次の「未来ゴミ」は、1年後に出会うはずだった恋人。

「その恋人は二股を掛けていて、おまえは失恋するんだ。でもその失恋はおまえの人生には必要だった。おまえは失恋をバネにしてダイエットに成功し、化粧の勉強もして、見違えるほどきれいになる」と男は言う。

そして「結婚して2児の母親になる」という「未来ゴミ」も処分される。処分しないと、彼女と結婚するはずだった男性は別の女性と出会えないからだ。

「将来出版するはずだった絵本」という「未来ゴミ」もあった。女は子どもの頃から絵本作家になるのが夢だったが、自分には才能がないと諦めていた。

「そう思い続けて生きるのはおまえの自由だ。しかし、努力は時として才能を越えるぜ」、そう言って男は残念そうにその「未来ゴミ」も川に投げ捨てた。

そうこうしているうちに「魂離れ」は進み、男は女を舟に乗せ、岸を離れる。

女の体と魂をつないでいたものが1本の糸ほどの細さになった時、女は「もう一度生きたい」と男に懇願する。

たまに生死の境を彷徨って、息を吹き返す人がいるが、もしかしたらこんなやり取りをしたのかもしれない。

以前、「捨てればゴミ、生かせば資源」というキャッチコピーがあった。「未来」はまさにそうなのだ。未来という資源は生きなきゃ生かせない。

生きながら生まれ変わった男

イチロー選手や長嶋茂雄さんの少年時代に、親が「野球ばかりやっていると勉強が疎かになる」と言って野球をやめさせていたら、2人の人生はどうなっていただろう。
そんなことをふと考えた。

多感な少年時代に夢中になれるものと出合えた子は幸せだ。

好きで好きで堪らない気持ちは心と体が喜んでいる証拠である。
もしそれを誰かが取り上げてしまったとしたら、空っぽになった心と暇をもてあます肉体はとんでもないもので満たされようとするのではないか。

北海道帯広市にある配送会社の社長、長原和宣《かずのり》さんは子どもの頃、野球が大好きで、強豪チームのレギュラーだった。

勉強もよくできた。そろばん、書道、エレクトーン、水泳など、習い事も難なくこなすエネルギッシュな少年だった。祖父は地元にある白樺学園高校の創設者だ。

そんな彼に転機が訪れた。中学進学にあたって野球をやめるよう親に言われたのだ。

親は絶対的な存在だった。他の習い事と一緒に大好きだった野球もやめた。ただ親に対して怒りや恨みはなかった。まだほんの子どもだったのだ。

中学生になると、それまで野球や習い事をしていた時間がぽっかり空いた。親はその時間を勉強に、と考え、学習塾に入れた。しかし、もう思春期に突入していた。

塾には行かず、ゲーム機のある喫茶店に出入りするようになった。ゲームをするために家のお金をくすねた。すぐにゲーム仲間もでき、気が付くと不良予備軍の中にいた。

夏休みには万引きを覚えた。

二学期になるとダボダボのズボン「ボンタン」をはき、髪型をリーゼントにした。中学2年生になると校内暴力の先頭に立った。

長原さんの話によると、不良の世界には常に強い奴がいて、いつやられるか分からないという恐怖心があるそうだ。その恐怖心から逃れるために強い奴らと仲間になる。そうやって悪は悪に引き寄せられ、徒党を組む。やがて高校生になり、彼は任侠の世界に足を踏み入れた。

高校を辞めようと思ったが、組長から「これからのヤクザは学歴と能力が必要だ」と言われ、正組員のまま通学した。

その後、いろいろあって高校を退学。親の命がけの交渉もあって何とか任侠の世界から足を洗い、上京して自衛隊に入隊。静岡県内の駐屯地に配属になった。

縦組織が厳しい自衛隊だが、ヤクザ時代にそれを経験していたので違和感なく頑張れた。長原さんの階級は徐々に上がり、指導的立場になっていった。

しかし、更生するために入った自衛隊だったので8年で退職。宅配の仕事をしながら一番やりたかった野球チームをつくった。結婚もし、子どもも授かった。

しかし運命は時に残酷なものである。野球仲間に覚せい剤の常習犯がいた。その男にそそのかされ、再び彼の人生は転落していく。

この覚せい剤の地獄から抜け出す時が彼の人生最大の山場となる。

それを綴った斎藤信二著『長原さん、わたしも生まれ変わります』（高木書房）という本が、長原さんと出会った日に出来上がり届けられたのは奇遇だった。

彼は今、校長先生の研修会や少年院などで講演している。

話のポイントの一つは「決断」だ。どんなことがあっても更生するという決断。

それは「過去を断つ強い決意」。

二つ目は「感謝」。逮捕され社会的制裁を受けた後、何十社受けても採用されなかった。やっともらえた仕事が1枚2円のポスティング。5軒で10円、50軒で100円。それでも働けることが嬉しくて嬉しくて堪らなかった。

三つ目は「我慢」。仕事中にどんなに馬鹿にされ、中傷されても我慢した。

社会復帰して20余年。今三つの会社を経営する長原さんには夢がある。一つは祖父が途中で断念した大学建設。もう一つは罪を犯した人の更生を支援すること。

「過去は変えられないが未来は変えられる」、彼は身をもって訴えている。

「見られている」と意識しよう

ドラマや映画を観る時、特に女優さんに気を付けて観ていると、どの人にも共通する、あることが見て取れる。

姿勢が良いのである。バーでお酒を飲んでいる姿も、歩く後ろ姿も、駅のホームで電車を待っていたり、スーパーのレジで並んでいる時でさえも、彼女たちが美しく映えるのは、姿勢が良いからに他ならない。

彼女たちの何気ない立ち居振る舞いはなぜ絵になるのか。

それは何と言っても、彼女たちが皆「被写体」だからだろう。撮影の時はカメラ越しに見られている。作品になると多くの視聴者に見られる。そして何より自分の姿を客観的に見る機会が多い。それらのことが美しい姿勢をつくる一助となっていることは間違いない。もちろん男優さんもしかり、である。

ただ一人、国民的な大女優にもかかわらず姿勢の悪い女優がいた。いつも猫背なのである。樹木希林さんだ。

希林さんの訃報を耳にした時、随分前に何かの番組で希林さんが語っていたこんなエピソードを思い出した。

70年代に大ヒットしたホームドラマ『寺内貫太郎一家』で、希林さんは初めて70歳のおばあさん役をもらった。当時31歳だった希林さんはどうすれば「老け」を表現できるか考えた。いろんな人に「老け」のコツを聞いた。

結果、希林さんは背中を丸めて猫背にした。本当のおばあさんに見えた。

年齢に関係なく、腰骨が立ち背筋が伸びた状態で座ったり歩いたりすると、実年齢より10歳は若く見え、逆に背中が丸まっていると実年齢より10歳は老けて見えるそうだ。さらに言うと、姿勢が良いとそれだけで立ち居振る舞いに何となく品性が感じられるし、その逆もまたしかり、なのである。

ただ自分の姿勢を客観的に見る機会のない我々一般人は、自分が良い姿勢をしているのか分からないし、そんなことをあまり意識していない。だから加齢と共に若々しさが失われていく。

子どもの頃、先生がよく「姿勢を正して」と言っていた。姿勢を正すのはお辞儀をする時など、ほんの一瞬の行為だと思っていた。確かに正しい姿勢をずっと維持するのは疲れる気がする。

しかし、専門家の話によると、楽な姿勢、たとえば椅子に座って足を組むと楽に感じるのは、そもそも体が歪んでいるからだそうだ。正しい姿勢が身に付いていると、姿勢を正しているほうがずっと体は楽なのだという。

正しい姿勢は意識しないと身に付かない。そのためには日頃から「見られている」という意識を持つといいのかもしれない。

そう考えると、心の姿勢も同じことが言えるのではないか。心の姿勢とは、物事に取り組む時や新しいことに挑む時の心構えである。そして体の姿勢がそうであるように、心の姿勢も一瞬のことではなく、日常の中にそれはある。

昨今、心の姿勢が歪んで心まで猫背になっている現代人が増えているように思う。我々はどう生きたらいいのか。どこに向かって成長していくべきなのか。先人の想いをしっかり受け継ぎ、それを未来にちゃんと繋いでいるだろうか。

こんな思考を「面倒臭い」と思って避けていると、気が付かないうちに心が猫背になってしまう。思考がひねくれてしまったり、うつむきがちになり何となく前を向いていけなくなるのである。

これではいけない。前向きになれないのなら、そんな時は思い切って天を仰ぎ見るといい。文筆家で、『「憧れ」の思想』（ＰＨＰ）の著者・執行草舟さんの言葉を借りるなら、「垂直を仰ぐ」のである。

幸いなことに日本には、太古の昔から「お天道様に見られている」という民間信仰のようなものがある。心の姿勢の基準はここにあるのではないか。天を仰ぐと、心が素直になり、そして謙虚になる。

「見られている」という意識が美しい姿勢をつくるのは、体も心も同じである。

人生に迷ったら聞けばいいのだ

居酒屋を経営している知人が新しくとんかつ屋をオープンさせたのは3年ほど前のことだった。昨年はスペイン料理の店を出した。

二十数年前に彼と出会った時に1店舗だった居酒屋も今や30店舗を超えている。

「2店舗も10店舗もノウハウは同じだから」と言う。同じ業種であれば規模拡大はそれほど難しくないそうだ。

ただ業種が異なるとノウハウも異なるはず。「その辺は難しくなかったのですか」と聞いたら、「簡単だ」と彼は言った。

「とんかつ屋をやる時はとんかつ屋をやっている人にノウハウを聞く。スペイン料理をやる時はスペイン料理をやっている人に聞く。分からないことは知っている人に聞けばいいいんだ」というのである。

成功の秘訣は意外とシンプルだった。

最近「バリ島に行ってきた」という人とよく出会う。バカンスに行ったのではない。彼らは関西弁をしゃべるバリ島在住の日本人、丸尾孝俊さんに会いに行っていたのだ。

「バリ島のアニキ」と呼ばれている丸尾さんは子どもの頃、父親と2人で極貧生活を送っていた。中学卒業後は死に物狂いで働いた。

20代後半の時、貯めたお金を持って何のあてもなくバリ島に渡った。陽気で人懐こい性格の彼はすぐ地元の人と仲良くなり、毎晩どんちゃん騒ぎをしてはみんなにおごりまくった。

「お金持ち」と思われたらしく、たくさんのインドネシア人がお金を借りにきた。気前よく誰にでも貸していたら、気が付くと無一文になっていた。

ある日、「借りたお金を返済できないので土地で返します」と、荒れてどうにもならない広大な土地をもらった。

仕方がないので「売地」と書いた看板を立て、自分の電話番号も書き添えた。数年後、その土地が3億円で売れた。そこから彼は「不動産デベロッパー（開発業者）」として大富豪への道を駆け上っていく。

そんな丸尾さんの話が面白いという噂が広まるようになった。

「どんな相談にも心にぐっとくる答えが速攻で返ってくる」と。

その辺のところをダイヤモンド社刊『大富豪アニキの教え』が伝えている。

彼の豪邸を訪れる人は年々多くなり、今では「アニキに会いに行って話を聞く」5日間のツアーになっている。それに年間約2000人が参加しているそうだ。

そのツアーは「どんな面白い話が聞けるか」と期待して行くのではなく、「どんな質問を持っていくか」が重要だ。

たとえば「どうしたら初対面の人と仲良くなれますか？」という質問に丸尾さんはこう答える。「相手との共通点を見つけるんや。『昨日の夕食は何食べた？』とか『どっから来てんの？』とか『あの映画観た？』とか、共通点が見つかるまで聞く。共通点が見つかると『この人、私の味方やん』という気持ちになり、親近感が生まれるよ」

また「今の子どもたちが未来に希望を持てるように僕たち大人が持たなくてはならないもの、今の日本人に欠けているものは何でしょうか？」という質問には、「それは『童心』や。大人になると『大人しくなる』やろ。『波風立てるな』とか『出る杭になるな』とか言われる。大人しくしていたら成功者にはなれへん。

人の目を気にせず時間を忘れて好きなことに没頭することや。

人間の無限の可能性は『童心』にある。『あんた、何バカなことやってるの！』と言われてナンボの世界や」

「親孝行はどうすれば？」という問いにも速攻で答える。

「親を淋しがらせないこと。まず自分が一人立ちする。たまに帰って元気な姿を見せる。親が好きなものを持っていく。自分のことを忘れずに覚えてくれているだけで親は淋しくないもんや」

どうしたらいいか分からず悩んでいる人は答えを持っている人に聞いていないだけではないか。迷ったら聞く。分からないことは質問すればいい。

どうしたらそういう人に出会えるか、それも誰かに聞いてみよう。

あのとき、五色の虹がかかっていた

その青年は1922年、日本統治下の朝鮮半島に生まれた。

小学校卒業後は地元の農学校に進んだが、法律を学びたくなり、日本の学校に行こうと決意した。

青年の名前は姜英勲《カンヨンフン》。釜山から下関に向かう連絡船に飛び乗った。

小学校時代の友人を頼って広島に行き、自分で中学校転校の手続きを済ませた。

そして、朝鮮にいる両親に、勝手に日本に渡ったことを詫びる手紙を書き、「名を挙げるまで戻らない」と書き添えた。英勲、15歳のときだった。

広島に向かう列車の中で、英勲は不思議なものに目が留まった。隣に座った女性が飲んでいたサイダーのビンに白い棒が刺さっていたのだ。

珍しさのあまりじろじろ見ていると、「一口どうですか?」と勧められた。

英勲はその棒を口に含むと息を吹き込んだ。一気にサイダーが溢れ出し、学生服がびしょびしょになった。周りの乗客が一斉に笑った。

女性が「これはストローといって、吸うのよ」と教えてくれた。

英勲は赤面したが、そのことで車内が明るくなり、英勲は日本が好きになった。三浦英之著『五色の虹』の中で、唯一心が和んだ箇所だ。

宮崎県教育委員会が主宰する読書活動推進協議会の懇親会で「最近読んで面白かった本」のことが話題になった。

正面に座った初対面の女性が「最近読んで面白かったのは『五色の虹』です」答え、熱くその内容を語り出した。初めて聞く話に、その場にいた数人がじっと耳を傾けた。

かつて満州国に「建国大学」という大日本帝国政府がつくった最高府の大学があり、そこに日本、朝鮮、中国、モンゴル、ロシアの各民族から選抜されたスーパーエリートが集められ、驚くべき教育が行われていたという。

1学年の定員は150人。全寮制で、学費・生活費は全額官費。学生たちは異民族が混在するように20人くらいの班に分けられ、6年間、学びと寝食を共にした。

開校した1938年は、日中戦争勃発の翌年である。建学の精神は「五族協和」。やがてできるであろう五つの民族が混在する国家の指導者を養成するのが目的だ。

語り続ける女性に、「それってフィクションですか?」と聞いたら、「何言ってるのよ。本当にあった話よ」と一喝された。

「建国大学」には信じられない特権があった。言論の自由である。

討論の時間には中国や朝鮮の学生は公然と日本政府を批判した。内面に潜む感情さえも理解し合うことが必要とされた。

「民族間に優劣はない。皆対等である」ことを学生たちは叩き込まれた。

1945年8月、敗戦、満州国崩壊と共に「建国大学」の理想は、歴史の深い闇へと消えた。それまでに9期、約1400人が学んだが、ほとんどの卒業生にとって「建国大学卒」という学歴は暗い影を落とした。

戦後、日本人以外の卒業生は「日本帝国主義への協力者」との烙印を押され、何十年もの間、自国の政府から厳しい弾圧を受けた。

ただ、韓国だけは卒業生を国家の中枢に取り込んだ。優れた語学力や国際感覚を身に付けていただけでなく、独立したばかりの韓国が最も欲していた軍事の知識を習得していたからだ。

さて、広島の中学校を首席で卒業した英勲は「建国大学」に進んだ。3年生のとき、学徒動員で出征した直後に終戦を迎えた。

戦後は、韓国軍の中で出世コースを辿った。１９８８年には大統領から指名されて首相の座に就いた。そして朝鮮半島分断後、初の南北首相会談を実現させ、平壌空港で金日成国家主席と握手した。

中国やソ連に戻った卒業生たちの人生は悲劇の連続だった。しかし、水面下で彼らを支援し続けた組織があった。

日本に事務局を置く「建国大学」の同窓会だ。

中国人の卒業生が反日の本を出版するときでさえ、資金を援助した。あの大学が理想とした「五族協和の精神」は、思想を越え、時間を越えて生き続けた。

２０１０年6月、最後の同窓会が東京で開かれ、約１２０２０年3月21日人が参加した。あいさつに立った二期生の藤森孝一さん（90）が寮の仲間だった22人の名前を諳《そら》んじた。あいさつは涙声になり、やがて絶句した。その22人はもう誰一人この世にいなかった。

大人になったら「大人の読書」を

「どうしようもない人」は私たちの周りには1人や2人、いるものである。
赤の他人であれば人間関係を切ってしまえばいいのだが、親戚にいたり、職場にいたりすると、ストレスの原因にもなる。

だからよくよくその人との付き合い方を考えねばならない。

まず、自分がそう思われていないか客観的に自分を振り返ってみるのもいいかもしれない。つまり「どうしようもない人」とはどんな人なのかを一応定義しておくのである。

たとえば、自信満々なのはいいのだが、それ故に人の話やアドバイスを聞かない人。

あるいは「金銭にだらしがない」「約束を守らない」「時間にいつもルーズ」など、社会人としての基本ができていない人、等々。

辛口の論客で、哲学者の適菜収《てきなおさむ》さんはそういう人のことを、もっと残酷な言葉で「とりかえしのつかない人」と呼んでいる。

そして、「彼らはどこでとりかえしのつかない人生を歩むようになってしまったのか?」という自問に対して、「読書に対する姿勢が大きくかかわっていると思う」と、著書『死ぬ前に後悔しない読書術』の中で自答している。

すなわち、「とりかえしのつかない人」は本をまったく読まないか、大人になっても「子供の読書」を続けているというのだ。

適菜さんが言う「子供の読書」とは知識を得るための読書である。

そういう人は大人になっても知識で武装して、それがいいと思っている。

一方、「大人の読書」とは思考を深め、感性に磨きをかけるための読書。情報より大切なものを得るために本を読む。

時には「とりかえしのつかない人」を適菜さんは「薄っぺらい人」とも表現している。

たとえば、一流のシェフが作ったフレンチを食べて「うまい」としか言わなかった友人がいた。彼は日頃、ファストフードのハンバーガーを食べている。

「どっちがうまい?」と聞くと、「微妙」と答えた。彼の薄っぺらい感性に、適菜さんは「こいつは本を読んでないな」と思った。

また世の中で起きている問題を聞いても、日本史のことを聞いても「別に興味ないし」とその友人は言う。

「薄っぺらい人はいつもそう考える。人は社会や歴史と繋がっているのに、本を読んでいない人はそこに価値を見出すことができない」と。

それから、情報をタダだと思っている人も「とりかえしのつかない人」。そういう人は必要な情報をいつもネット検索して得る。

「そういうことを繰り返しているとどんどんバカになる。ネット検索だと探している『答え』しか見つからないからだ。大事なのは『答えに辿り着く過程』、すなわち思考回路をつくることだ」と適菜さん。

適菜さんが薦める「大人の読書」とは、歴史を超えて読み継がれている文学書や古典を読むことである。

しかし、そういう本は一般的に難しい。難しい本は避けたいと思うのが人情である。

ところが、文筆家の執行草舟《しぎょうそうしゅう》さんは「難しい本こそ読むべし。その際に大事なのは分かろうとしないこと」と言う。

今の自分には理解できないくらいの本を読み、「何が書いてあったのかよく分からなかった。難しかったなぁ」、そう思える本がいいのだ、と。

「分からなくていい」という執行さんの読書観に少しホッとした。

「分からない」と思った瞬間、脳内の「検索エンジン」が動き始めるらしい。

すると何年かかるか分からないが、いつか必ず分かる日がやってくる。

その間に思考は深まり、感性は磨かれていく。

これこそ「大人の読書」の妙味である。

「バカ」の違いが分かる大人に

随分前、こんな騒動があった。

1人の彫刻家が「平成之大馬鹿門」と彫られた二つの門柱をどこかの大学に寄贈した。大学側は「知の最高学府に『馬鹿』という言葉は相応しくない」と憤慨し、作者に返却した。この一連の揉め事をマスコミがおもしろおかしく報道していた。

彫刻家は空充秋《そらみつあき》といった。空氏が二つの門柱を寄贈したのは佛教大学だった。平成8年3月のことである。

空氏は、日本庭園における伝統的な「石組み」という技法を使って独創的な作品を創り上げる男だった。その門柱も大きな立方体の石を五つ組み合わせて重ねたものだった。

完成した時はまだ「平成之大馬鹿門」という名前はなかった。

事の発端はこうだ。

図書館や研究棟建設に伴い、工事を請け負った建設会社が空氏にキャンパスに敷き詰める石畳のデザインを依頼した。

何度目かの打ち合わせの時、空氏は大学側に石の門柱の寄贈を提案した。大学側は快く受け入れた。ここまではよかった。

完成した時、大学の担当者から「作品のどこかにサインを」と頼まれ、空氏は片方の門柱の裏に小さく、横書きで「平成之大馬鹿門 ＳＯＲＡ96年」と刻んだ。

これが後に大問題となるのである。

空氏の意図はこうだった。

「学んで馬鹿になり、馬鹿になって偉くなる。見る、視る、観る、そして考え、静かに拝むのが平成之大馬鹿門を通って行く者たちである」

「五つの石は宇宙の五大元素の地・水・火・風・空を意味する」等々。

大学の一部の教職員はその哲学に理解を示したが、「一般的に『馬鹿』は侮辱的に用いられることが多い。大学の正門にこの言葉は不適切だ」と苦言を呈する教職員がいた。

「見る人すべてに作者の意図が正しく理解されるとは限らない」と。

おそらく大学内部で侃々諤々《かんかんがくがく》の議論が交わされたのだろう。

結局、「平成之大馬鹿門」という言葉を削るよう空氏に要求したが、彼はそれを拒否。すったもんだの末、5月に除幕式は行われたが、両者とも主張を譲らず、その後、空氏は二つの門柱を持ち帰った。

なぜこの話を思い出したのかと言うと、実は先日、一般社団法人倫理研究所の理事長・

丸山敏秋氏の新刊本『ともに生きる』というエッセイ集をパラパラめくっていたら、『人間はバカなのか』という章に目が留まった。

読んでみると、なるほど「バカ」は裾野が広く、奥が深い。見方、聞き方、捉え方ひとつで侮辱的にもなるし、ほめ言葉にもなる。

その違いが分からないと大人げない喧嘩になる。

丸山氏は「バカ」をこう紹介している。

「俺はバカだった」は自省する時に使う言葉だが、「おまえはバカだ」は相手を侮辱する時に使われる。

ところが「本当にバカなんだから」と相手に優しく言うと何となく親愛の情を感じる。

それから標準値より大きかったり小さかったりする時に「ばかデカイ」とか「ばかに小さい」という。また「バカにできない」といえば、「疎かにできない」とか「大事なこと」という意味である。

「釣りバカ」とか「空手バカ」ともなるとそこには尊敬の念さえ感じられる。「バカ者」といえば「愚か者」のことだが、「大バカ者」とは歴史に名を残すほどの人物によく使われる。

西郷隆盛の言葉「名も金も命もいらぬ、しまつにおえぬ大馬鹿者こそ本当に国家に必要な人間だ」とはこのことである。

丸山氏はこんな言葉でその文章を閉じている。

「人間はバカであってはならず、また、バカにならなければならないのである」と。

「バカとハサミは使いよう」ともいう。どんな「バカ」になるかで、人間は愚か者にもなるし、大物にも、成功者にもなる。

余談だが、「平成之大馬鹿門」はその後、兵庫県千種町（現・宍粟《しそう》市）に引き取られ、千種川を挟んでそびえたつ空山と大甑山《おごしきやま》の山頂にそれぞれ一基ずつ建立され、まちづくりや観光の目玉になっている。

つらいことが多いから笑いが生まれた

数年前、ＮＨＫの朝ドラ『わろてんか』は、平均視聴率が20％を超えるという大好評のうちに終了した。

主人公の「北村てん」は、お笑い界の老舗である「吉本興業」の創業者・吉本せいがモデルだった。あの「笑い」が生まれた背景にどんなドラマがあったのか、多くの人が高い関心を持っていたのだろう。

場面設定ではかなりフィクションが多かったが、大正12年に起きた関東大震災の時の吉本の支援は本当にすごかったそうだ。仕事を失った芸人をこぞって大阪に招き、東京の芸人に仕事を与えただけでなく、そのことで吉本の寄席も大繁盛した。

また、縁の薄かった東京の落語界の師匠たちへもお見舞いを届け、それが後に東京進出の足掛かりにもなったという。

ドラマのテーマは一貫していた。

「人生はつらいことが多い。だからこそ笑いが必要だ」「つらい時こそ笑うんや」というメッセージがあちこちに出てきた。おもしろおかしいから笑うのではなく、笑うことでつらく悲しい現実を吹き飛ばそうという意気込みがあった。

そういえば、落語には人生の中で最も不幸な出来事である「死」がネタになっているものが少なくない。

人の死を笑うなど不謹慎極まりないが、それはある種、「泣き笑い」とでもいうのか、「最後はもう笑うしかない」という境地なのではないかと思う。

その代表的な落語はなんといっても『地獄八景亡者戯』だろう。

通して演じると優に1時間を超える長編ものだが、聴いていて時間の長さを感じさせないのは、聴く人の心のスクリーンに、見たこともない死後の世界をユーモアたっぷりに映してくれるからだ。

前半は、サバの刺身にあたって死んだ喜六という若い男が、冥土に向かう道すがら知り合いのご隠居と出会うところから始まり、2人が三途の川を渡るところまで。後半では冥土の賑やかな街並みを通り抜けて閻魔大王に謁見、そこで裁きを受ける。

前半の山場は三途の川を渡るシーンだ。船頭に渡す船賃は死に方で値段が異なっていた。「おまえはなんで死んだんだ？」と聞かれ、「腎臓病でした」と言うと、「おしっこが出にくかったか。シーシー十六で、1万6000円」と言われる。「肺がんでした」と言うと、「たばこをパッパ吸ったな。パッパ六十四、6万4000円」。喜六が「サバにあたって死にました」と言うと、「サバ二十四、2万4000円」と、こんな具合である。

後半では冥土の様子が面白い。喜六たちは、大阪のイチョウ並木の「御堂筋」そっくりのしきび並木の「冥土筋」を歩いている。

冥土にもちゃんとテレビや週刊誌がある。

人気番組は「命日放送」の『ロングオバケーション』や『火のっ玉母さん』。アニメでは藤子不二雄の『ドザえもん』が人気だと聞いた。男女のスキャンダラスな記事が満載の週刊誌は『シンデー毎日』だとか。

映画もある。渥美清さんが冥土に来てから始まったのが『昇天の寅さん、冥土はつらいよ』シリーズ。

『セーラー服と機関銃』は紫式部と宮本武蔵という豪華キャストでリメイクされている。ただ紫式部がセーラー服ではなく十二単で出演していることから、タイトルは『十二単と二刀流』になった。最近では親鸞、法然、道元、日蓮が出演したＳＦＸの超大作『スター・ボーズ』が流行ったそうだ。

また冥土でもプロ野球は盛んで、「半死にタイガース」と「鬼売りジャイアンツ」、そして「彼岸の中日ドラゴンズ」が首位争いをしていた。

落語の中身は演者によって多少異なるが、あの世がこんな様子だったらどんなに楽しいだろう。

人の死や死後の世界をネタにこれほど笑わせてくれる落語はやはり日本が世界に誇る伝統芸である。笑いには人を元気にする、とてつもない力がある。

誰しもこの世に未練があるものである。

しかし、「この人生の向こうはこんな世界になっているのか！」と想像して、笑ってみるのもいいかもしれない。

私たちは皆歴史とつながっている

12月8日は太平洋戦争が始まった日だ。

その時代に生まれ合わせた人たちの運命は、あの日から1人の例外もなく「戦争という時代」に翻弄された。それぞれに人生の物語があったはずなのに、皆自分の意思では如何ともし難いシナリオを生きねばならなくなった。

それは人間だけではなかった。あの戦争で数奇な運命を背負わされた生き物がいた。軍用犬だ。彼らは人間より優れた聴覚や嗅覚を持ち合わせていたために古くから軍事目的に訓練されていた。

その壮絶で、かつ切ない軍用犬の一端を、古川日出男の小説『ベルカ、吠えないのか?』（文藝春秋）の中で垣間見た。

太平洋戦争の時、一度だけアメリカの領土が日本軍に占領されたことがあった。太平洋の北の果て、アリューシャン列島にあるアッツ島とキスカ島である。

1942年2月6日、この二つの島に日章旗がひるがえった。

1年後、アメリカ軍はこの二島を奪還すべく、まずアッツ島に1万5000人の軍隊を上陸させた。迎え撃つ日本軍2500人はひとたまりもなかった。


これを受け、キスカ島にいた5200人の日本軍は敵国に気づかれないように撤退した。1人の犠牲者を出すこともなく。

ただ撤退したのは人間だけだった。4頭の軍用犬は置き去りにされた。


「北」という名の犬は寒さに対する強い耐性を備えた北海道犬だった。

「正勇」と「勝」はいずれもジャーマン・シェパードで、これら3頭は皆、雄犬だった。

もう1頭「エクスプロージョン」という名の雌のシェパードは、島を占領した時にアメリカ軍から押収した軍用犬だった。

「上官」を失った4頭は、キスカ島の厳しい自然の中で自由にのびのびと、つかの間の平和を味わった。そんな中、「正勇」と「エクスプロージョン」が交尾《つなが》った。

そして5頭の子犬が産まれた。

そんな時、アメリカとカナダの連合部隊がキスカ島に上陸した。

「勝」の闘争本能が蘇った。「勝」は、地雷を敷設した空き地に敵国の兵士を誘い込み、追い掛けてきた兵士共々玉砕した。

しかし、「正勇」と「北」、「エクスプロージョン」の3頭は新しい主人を歓迎した。

そして「正勇」と「エクスプロージョン」の間に生まれた5頭の子犬もアメリカ軍に属することになった。

物語はここから始まる。

5頭の子犬は2年後、アメリカ軍の立派な軍用犬となり、太平洋海域で日本軍と戦うことになった。

さらに1950年代には、その子孫たちは朝鮮戦争で活躍したが、その戦争で彼らのうちの数匹が中国軍の捕虜となり、中国軍の軍用犬となった。

10年後、その子孫たちはベトナムの戦場にいた。地下トンネルの中でアメリカ軍と中国軍の軍用犬同士が闘うシーンに息をのんだ。


十数頭いた犬たちは5対5になり、3対2になり、とうとう1対1になった。勝ち残った犬は偶然、雄と雌だった。

犬の生存本能が蘇った。敵対していた2頭は交尾《つなが》ったのだ。引き算が足し算に、絶滅から繁殖へ、敵から家族に、転じた。


さて、キスカ島にいたもう1頭の「北」は病気になり、民間人の手に渡った。やがてその子孫は野良犬となり、紆余曲折を経てマフィアの番犬となった。

そして70年代、「北」の子孫は麻薬取引のために飼い主と訪れたアフガニスタンで戦争に巻き込まれる。そこでキスカ島の同志の子孫と出会う。犬たちは何も知らないが。

タイトルにある「ベルカ」とは、ソ連のスプートニク5号に乗船して、人間に先立ち、生物として初めて宇宙に行き、無事生還した雌犬である。

ベルカの子も「北」の子孫と交わる日が…。

史実とフィクションが交錯する小説だが、人間の系図も遡《さかのぼ》っていくと、案外私たちは皆どこかでつながっているのではないかと思う。

奇しくも12月8日は、ジョン・レノンの命日でもあった。

「国境も宗教もない、平和な世界を想像してみよう」「弱者も強者も黒人も白人もアジア系もヒスパニックもみんな争いをやめてクリスマスを楽しもう」と歌ったジョン・レノン。

12月はクリスマス、大晦日、そして新年へと続く。平和を祈る月だと、しみじみ思う。

学ぶ、師匠を見つけてまねをして

数学教師・藤野貴之さんは宮崎市立宮崎西中学校の生徒にお掃除の話をするため、5時間、山口県から車を走らせてきた。道中ワクワクしていたのであっという間の5時間だったそうだ。

冒頭、藤野さんはズボンのポケットから紙くずを取り出した。前泊したホテルで鼻をかんだティッシュペーパーとお茶を飲んだ時に出たティーパックのごみである。

「たったこれだけなので持って帰ろうと思ったんです」と藤野さんは言った。そして「なぜ私がそうしたと思いますか?」と生徒に問いかけた。

もちろんホテルの部屋にはごみ箱があり、ビニール袋がかけてあった。そこに捨ててもよかったのだが、たったこれだけのために清掃員の方はビニールごと捨てるに違いない。それはちょっともったいない気もする。また、ごみ箱に何も入っていないのを確認したら、おそらくそのままにして別の作業をするだろう。

そんなことを考えて藤野さんは「これくらいなら持って帰ろう」と思ったのだ。

「でも一番の理由はそれではない」と言う。

「鍵山秀三郎という私の師匠がきっとそう考え、そうするだろうと思ったからです。私は師匠の真似をしているのです」

22年前、藤野さんは黙々と一人で掃除をやり続けてきた鍵山さんと出会った。「本物の大人だ」と思った。

「掃除に学ぶ会」や「日本を美しくする会」などで全国的にその名が知られる鍵山さんだが、そこに至るまで鍵山さんはひとつの信念のもとに掃除をしてきた。「きれいなところに来ると人はいい気持ちになる。そういうところが増えると社会は良くなる」

昭和28年、二十歳の時、鍵山さんは自動車部品販売店に就職した。社員教育などない時代、礼儀正しい社員もいなければ、店も汚かった。鍵山さんは早朝誰もいない店内やトイレの掃除を始めた。店がきれいになると客層も良くなり、売り上げも上がっていった。

昭和36年に独立して自分の店を持った。自転車の荷台に自動車部品を積んで訪問販売を始めた。行く先々で、店の中に入れてもらえないとか、話しかけても無視されるとか、箒《ほうき》で追い出されるなど屈辱的な応対をされることも少なくなかったが、次第に「こういう人たちはそうすることで自分で自分の心を荒《すさ》ませている」と思えてきた。

そして「こんな人を減らすことが良い社会をつくることになる。神社に行くと敬虔《けいけん》な気持ちになるのは境内にごみ一つ落ちていないからだ。掃除をすることで人の心もきれいになる。掃除なら自分にもできる」と考え、鍵山さんは朝5時に出社して掃除を始めた。

10年経つと一緒に掃除をやる社員が出てきた。20年後には全社員がやるようになった。業績も上がっていった。30年経った頃、鍵山さんの会社「イエローハット」には全国から「掃除を教えてください」と経営者が押し寄せるようになった。そして「日本を美しくする会」が発足し、各地に「掃除に学ぶ会」が次々に誕生していった。

藤野さんは「山口掃除に学ぶ会」のメンバーである。藤野さんは中学生にこう語った。「学校は学問をするところです。学問とは『学ぶこと』と『問うこと』。『学ぶ』の語源は『まねる』。先生や師匠のまねをする。それが『学ぶ』です。ぜひ本物の大人に出会ってください。師匠を見つけてください。それだけで人生が豊かになります」

講演中、ペットボトルを取り出した。「道に落ちていたのでかわいそうだと思って拾った」と言う。そしてこう言った。「このペットボトルを〝自分〟だと思ってください。この子はペットボトルとしてこの世に生まれてきた。だからペットボトルとして命を終わらせてあげたい。分別して捨てれば別の何かに生まれ変わり、また役に立ちます」

西中学校には「自問清掃」という言葉がある。「自分はこれでよいのか、自分に問いかけながら自分で考え自ら進んで行う清掃」である。藤野さんは「その『自分に問いかける力』こそＡＩが幅をきかす時代に必要な力になる」とエールを贈った。

３日後の日曜日、同校で行われた「宮崎掃除に学ぶ会」のトイレ掃除には、生徒が31人参加し、大人たちと鍵山流の掃除をまねた。

人生に大切なことを学んだに違いない。

苦味やしょっぱさもいい味だ

2018年7月15日付けの新聞各紙の見出しは、「今泉四段、藤井七段を破る」ではなく、「藤井七段、今泉四段に敗れる」だった。

「第68回NHK杯テレビ将棋トーナメント」の話である。

2016年、14歳という史上最年少でプロ棋士になり、世間の注目を浴びている藤井聡太七段は、今や負けないとニュースにならない。

一回戦の対局相手は、41歳という史上最年長でプロ棋士になった今泉健司四段だった。

プロ棋士になるにはまず「奨励会」という組織に入会しなければならない。そこで三段に昇段した者たちが三段リーグを戦い、上位2名が四段に昇段しプロになる。

藤井七段や羽生竜王など、いわゆる「天才」と騒がれた人たちにとって「三段リーグ」は一つの通過点に過ぎない。

しかし決して天才ではない棋士たち。将棋が大好きで、強くなるためならどんな苦労も厭わない彼らは、三段になると先輩の誰かが言った「首に縄がかけられる」という感覚を味わうそうだ。

26歳までに四段にならないと奨励会を退会させられる年齢制限のためだ。

「最初ゆるかったその縄が、誕生日が来るたびにじわじわと首に食い込んでくるのを切実に感じる」という。

その「縄」が、今泉さんの棋士としての息を止める日がきた。

20歳で三段に昇段してから何度挑戦しても三段リーグを勝ち越せずに26歳を迎え、退会が決まってしまった日である。

「3日間、泥のようにうずくまって、涙が枯れるまで泣いていた」というから、なんと凄まじい絶望の境地だろうか。

将棋の凄まじさは、彼の次のような言葉にも垣間見ることができる。三段リーグで対局した久保利明・現九段と鈴木大介・現八段についてである。
「久保将棋が、斬られたことすら分からないほどの鋭利な日本刀なら、鈴木将棋は、ずっしりと重い斧だ。僕はひと振りで骨まで断ち切られ、砕け散った」

そして今泉さんは奨励会を去った。その後は将棋教室の講師をしながら、レンタルビデオ店や飲食店で食いつないだ。

7年後の2005年、将棋界に激震が走った。
今泉さんと同じく奨励会を去った瀬川晶司という男が、アマチュア将棋界で獲得した数々の実績を引っ提げて日本将棋連盟にプロ編入試験を求める嘆願書を提出したのだ。

今泉さんにとって真夜中に太陽が昇ってくるほどの衝撃だった。

「これが認められたら自分にも再びチャンスが巡ってくる」

数か月後、嘆願書は全棋士の投票によって可決され、編入試験で好成績を出した瀬川さんは35歳でプロになった。

そしてその2年後、今泉さんもまたプロ編入試験に挑んでいた。

対局は順調に勝ち進んだ。このままいけばプロになれる。

そんな時、ふと「こんなにうまくいくはずがない」「どこかに落とし穴があるのではないか」という弱気の虫が顔を出した。その直後から連敗。

結局、巡ってきたチャンスを掴めぬまま、34歳の再チャレンジは終わった。

帰郷して認知症介護施設の職員になった。職場は毎日「戦場」だった。

その奮闘ぶりを今泉さんは著書『介護士からプロ棋士へ～大器じゃないけど晩成しました』に記した。

彼は利用者の人たちと向き合う中で、失っていた自信と自己肯定感を取り戻した。その心境の変化は将棋にも表れた。

２０１１年、全日本アマ名人戦、アマ王将戦などで次々と好成績を上げた。恋愛戦もそれまで連敗を喫していたが、ＳＮＳで知り合いになった女性と交際が始まった。二度目のプロ編入試験の時には彼女が送ってくるメッセージが大きな励みになった。そして２０１３年、ついに41歳のプロ棋士が誕生した。

しかし、史上最年少だろうが最年長だろうが、そんなことは大した問題ではない。それよりその人の物語にどんな味がついているか、である。人工知能（ＡＩ）搭載の将棋ロボットが決して出せない、苦味やしょっぱさが、いい味を出すものだ。

畏れを抱く。人間の分際なのだから

新しい考え方が制度化されても、それが世に根付くまで随分な時間を要するものだ。場合によっては世代を越えることもある。

昨今、「女の分際《ぶんざい》で…」という言葉を吐く男はすっかりいなくなった。

この言葉は「誰のおかげでメシが食えていると思っているんだ」という意識とセットになっていた。昔ながらの男尊女卑の風習と、稼いでいる人間が偉いという価値観が相まって、経済的に自立していない女性に向けられていた。

今では映画やドラマの中でしか聞けない言葉かもしれない。今こんな言葉を使おうものなら世間の反発を買うどころか、その意味さえ理解されないだろう。

少し前に参加したビジネス系のセミナーでは、男性の講師が「男の分際で…」という話を始めたので驚いた。

「男性の中にはごく稀に男の分際で女性に手を上げる奴がいる」と言うのだ。

「どんなに偉いか知らないが、女性の胎から生まれたくせして、しかも人間として自立していない頃には、その乳を飲み、おしめを替えてもらい、その腕《かいな》に抱かれて過ごした日々があって『今』があるはず。そんな男の分際で女性を大事にせぬとはとんでもない」と。

「分際」とは「身のほど」という意味である。

そこにはあからさまに「軽蔑」の気持ちがある。しかし、男性が自分たちを戒める意味で「男の分際」と言うと、何となく共感できる人も多いのではないだろうか。

そんな話を聞いたばかりだったので、書店に並んでいた『人間の分際』（幻冬舎新書）という背表紙に目が留まった。

著者は作家の曽野綾子さん。曽野さんが過去に執筆した小説やエッセイの中から人生の奥義のような言葉を編纂《へんさん》した本だ。

終始「人間の分際」について書かれているわけではないが、ただこのタイトルが妙に心を揺さぶった。

曽野さんの言う「人間の分際」には軽蔑の意味はない。「身のほど」は、すなわち「身の丈《たけ》に合った生き方」ということらしい。

器の大きい人は大きな仕事をすればいいし、小さい人は自分に合った仕事をすればいい。それがその人の幸せにつながるというのだ。

昔、東京オリンピックで、女子バレーボールチームを金メダルに導いた監督が「為せば成る」と豪語していた。それを聞いて曽野さんは「私は騙されないぞ」と思ったという。

「みんながみんなそうじゃない。」必死に努力した結果、確かに成せる人もいれば、成せない人もいる。その人の努力が及ばないところがある。『身のほどを知る』とは、そういうことです」と曽野さん。

「私の体験から言えば、努力が75％で、運が25％くらいの感じです」と。

ふと、こんな話を思い出した。一人の男が大木を伐っていた。朝からずっと必死にのこぎりを引いていたのだ。通りかかった老人が不思議に思って声を掛けた。

「いくらのこぎりを引いても伐れていないのは刃が丸くなっているからです。刃を研いだほうがいいですよ」

しかし、男はこう返した。「今、木を伐るのに忙しいんだ。のこぎりの刃を研ぐ暇なんかない」

どんなに努力しても忙しさにかまけて一番大切なことを疎かにしていると、その努力は報われないという話である。

「のこぎりの刃を研ぐ」とは己の人格を磨くということだ。「身のほど」を知り、心の学びを深め、人間性を高める。そのことで「25％」の運は「40％」にも「60％」にも引き上がる。そんな人は「為せば成る」

近年、身近に起きた自然災害や世界的な規模で進んでいる環境破壊、鳥インフルエンザや口蹄疫などの伝染病、そして昨今の新型コロナウイルス等々、文明を思いのまま発展させてきた人間の英知をもってしても右往左往してしまう諸問題に直面する度、今一度ここに立ち戻ったほうがいいと思うのが「人間の分際」だ。

地球という舞台で人間は我が物顔でやりたい放題やってきた。少し高慢になり過ぎているように思う。

恐るべきはもはやウイルスではなく、人間が、人間を超えた何ものかに畏れを抱かなくなったことではないか。そう思う今日この頃である。

「あとがき」にかえて

生き抜いたのはたまたまだった

昔、命の始まりは出産ではなく、懐妊だった。年齢は母の胎内からカウントされ、この世に生まれ出た日を1歳の誕生日とした。

この「数え年」の考え方でいくと、皆、満年齢より1歳多くなる。「歳は取りたくない」という気持ちは誰しも同じだが、人は死なない限り歳を取る。加齢はめでたいことの証だったのである。

だから旧暦のお正月を迎えると、「旧年中にあの世に逝くことなく新年を迎えられた」ことに対して、会う人会う人お互いに「おめでとうございます」と言い合った。

そして全員一斉に一つ歳を取った。年内にあの世に逝くかもしれないので誕生日まで待っていられなかったのだ。嬉しいことは先に祝う「予祝」という慣習である。

だから、誕生日を迎える前に満88歳で亡くなったとしても「享年89」と表記した。

ただ、「長生きはめでたいこと」と言ったが、さすがに90歳を超えると「もういい」という感覚になるのだろうか。


大正15年生まれの義母は今年数え年で95歳になる。義父、すなわち夫を見送ってから40年ほど経つ。

90歳を超えた頃から義母の口癖は「もうあの世に行きたい」になった。親しかった友だちがみんなあの世にいるので、「こっちよりあっちのほうが楽しいはずだ」というのだ。

90年も生きてきた人の気持ちに少し興味を持った。

そんな時、大正12年生まれの作家・佐藤愛子さんの『90歳。なにがめでたい』(小学館)と出会った。90年生きてきた佐藤さんが、いろんな場面で感じた気持ちが綴《つづ》られていた。

佐藤さんのところに、ある雑誌のインタビュアーが来た。「人生で最も大切なことは何でしょうか？」と、高齢者への決まりきった質問をしてきた。

「自分たちの世代はがむしゃらに生きてきた。物事を深く考えて生きてきたわけじゃない。『愛です』『感謝です』という答えが返ってくると思っているのか。そんなこと簡単に聞くな」と佐藤さんは怒りたくなったが、抑えた。

別の雑誌のインタビュアーは「失礼な質問ですが」と言い添えて、「いよいよこの世から去って行かれる時、何を人生の最後に食べたいですか？」と聞いてきた。

佐藤さんは「そんなものはない」と即答した。「言っても意味のないことは言いたくないし、そんなくだらない質問なんかするな」と思ったが、インタビュアーの次の言葉に佐藤さんは気をよくした。

「私の弟は人生の最後に石焼芋が食べたいと言うんですよ。そしたらおばあちゃんが『そんなもん食べたら喉に詰まって死ぬがな』って…」

お年寄りは、会話の中に別のお年寄りが登場すると嬉しいらしい。気をよくした佐藤さんは「人生の最後に食べたいものはイモッケ」と答えた。それは、見た目はコロッケだがひき肉が入っていない。じゃが芋だけだから佐藤家ではそれを「イモッケ」と呼んでいた。

夫の会社が倒産し、自分が小説を書いて夫の借金を返済し、かつ家計を支えていた貧しかった頃の思い出を話し始めた。親子3人で毎日イモッケを食べていたそうだ。

インタビュアーは「いい話です。記事に重みがつきます」と言って喜んで帰っていった。雑誌記者を見送りながら、佐藤さんは「人生の最後にイモッケなど誰が食べるか！」と心の中で呟《つぶや》いた。

インタビューは難しい。レベルの低い質問をすると「くだらない質問なんかするな」と思われたり、軽い答えしか返ってこなかったりする。

そう言えば僕も以前、くだらない質問をしたことがある。98歳で、今なお講演活動をされている外科医の井口潔先生に「健康で長生きする秘訣は？」と聞いたのだ。

井口先生は間髪入れず、「そんなこと考えたこともありません」と答えた。そしてこう付け加えた。「長生きはたまたまですよ」

そんなわけで日本講演新聞はみやざき中央新聞の志を受け継ぎ、インタビューはせず、自分が語りたいことを存分に語る講演会をこれからも取材していく。

乞う、ご期待！

日本講演新聞　編集長

水谷もりひと

著者略歴

水谷 もりひと（水谷 謹人）

日本講演新聞編集長

昭和34年宮崎県生まれ。学生時代に東京都内の大学生と『国際文化新聞』を創刊し、初代編集長となる。平成元年に宮崎市にUターン。宮崎中央新聞社に入社し、平成4年に経営者から譲り受け、編集長となる。28年間社説を書き続け、現在も魂の編集長として、心を揺さぶる社説を発信中。令和2年から新聞名を「みやざき中央新聞」から現在の「日本講演新聞」に改名。

著書に、『心揺るがす講演を読む1・2』『日本一心を揺るがす新聞の社説1～4』『日本一心を揺るがす新聞の社説ベストセレクション（講演DVD付）』『この本読んで元気にならん人はおらんやろ』『いま伝えたい！子どもの心を揺るがす"すごい"人たち』『仕事に"磨き"をかける教科書』（以上ごま書房新社）など。

●講演・執筆依頼

日本講演新聞　https://miya-chu.jp

※「フェイスブック」「ブログ」もホームページより更新中！

心揺るがす社説

1600字に綴られた41の物語

2021年9月5日　初版第1刷発行

著　者	水谷 もりひと
発行者	池田 雅行
発行所	株式会社 ごま書房新社 〒102-0072 東京都千代田区飯田橋3-4-6 新都心ビル4階 TEL 03-6910-0481（代） FAX 03-6910-0482
カバーデザイン	（株）オセロ 大谷 治之
DTP	海谷 千加子
印刷・製本	精文堂印刷株式会社

ISBN978-4-341-08796-8 C0030